JN103135
The Berserker
Rises to Greatness.
黒の召喚士
14
迷井豆腐
Illustration
ダイエクスト、黒銀(DIGS)

ボガ
Boga
ダハク
Dahak

ムドファラク
Mdfarak
竜王VS戦艦エルピス

「聖槍、起動」

「大風魔神鎌（ボレアスデスサイズ）」

クロメル Kuromel

死神vs黒女神

ケルヴィン Kelvin

黒の召喚士 14

転生神の召喚

迷井豆腐

The Berserker Rises to Greatness.

登場人物

ケルヴィン・セルシウス

前世の記憶と引き換えに、強力なスキルを得て転生した召喚士。
強者との戦いを求める。二つ名は『死神』。

〈ケルヴィンの仲間達〉

エフィル

ケルヴィンの奴隷でハイエルフの少女。主人への愛も含めて完璧なメイド。

セラ

ケルヴィンが使役する美女悪魔。かつての魔王の娘のため世間知らずだが知識は豊富。

リオン・セルシウス

ケルヴィンに召喚された勇者で義妹。前世の偏った妹知識でケルヴィンに接する。

クロト

ケルヴィンが初めて使役したモンスター。保管役や素材提供者として大活躍！

メルフィーナ

転生を司る女神(休暇中)。
ケルヴィンの正妻を自称している。よく食べる。

ジェラール

ケルヴィンが使役する漆黒の騎士。リュカやリオンを孫のように可愛がる爺馬鹿。

シュトラ・トライセン

トライセンの姫だが、今はケルヴィン宅に居候中。
毎日楽しい。

アンジェ

元神の使徒メンバー。
今は晴れてケルヴィンの奴隷になり、満足。

ベル・バアル

元神の使徒メンバー。激戦の末、姉のセラと仲直り。天才肌だが、心には不器用な一面も。

シルヴィア

シスター・エレン捜索のため、奈落の地へと訪れている。
シュトラと和解できてうれしい。

エマ

大剣でぶった切る系女子にして、シルヴィアの冒険者仲間。
シュトラと和解できてひと安心。

神の使徒

エレアリスを神として復活させ、世界に降臨させることを目的に暗躍を続ける組織。現在は、ケルヴィン達と和解。

序列第１柱『代行者』
実名はエレン。
神の使徒として役立つ人材を転生させる、
エレアリスの代行者。

序列第７柱『反魂者』
実名はエストリア・クランヴェルツ。
現在はシスター・リーアとして、
シスター・アトラの護衛の任に就いている。

序列第４柱『守護者』
実名はセルジュ・フロア。
固有スキル『絶対福音』を持つ前勇者。
ケルヴィンらを奈落の地へと招待した。

序列第９柱『生還者』
実名はニト。
固有スキル『帰死灰生』を有しており、
聖域への案内人を務める。

黒女神とその使徒達

クロメルを妄信し、世界の破壊を目論む集団。天空を翔ける巨大戦艦エルピスから全世界へ宣戦布告する。

クロメル
メルフィーナの憎悪を体現した存在。
その目的は今の世界を破壊し、
ケルヴィンのための世界へと創り変えること。

序列第２柱『選定者』
実名はサキエル・オーマ・リゼア。
数百年前、この世界に召喚された元勇者。固有スキル『前知天運』と『絶対共鳴』を有している。

序列第５柱『解析者』
ギルド長であったリオの正体であり、
実名はリオルド。
固有スキル『神眼』を有している。

序列第10柱『統率者』
実名はトリスタン・ファーゼ。
元トライセンの混成魔獣団将軍で、
固有スキル『亜神操意』を有している。

CONTENTS

イラスト／ダイエクスト、黒銀（DIGS）

第一章 ▼スマザードメイト

望んでいなかったプリティアちゃんの暑苦しい抱擁を受けた俺は、確固たる意志を貫き何とか自我を保った。大木の如く強靱な腕から解き放たれた後、ジェラールがそっと肩に手を置いてくれた優しさは、今も忘れられない。一方で嫉妬心に塗れた視線を送ってきたダハク、俺は全然こんなの望んでないから。むしろ代わってやりたいくらいだ。いや、頼むから代わってください。お願いします。

――トラージ港

そんなこんなでトラージ到着と同時に地獄を見せられた俺であったが、格好を付けた手前、こんなところで弱気になってはいられない。あからさまに爆笑したいのを我慢しているツバキ様と合流して、船を寄せているというトラージ港へと移動する。既に港には錚々たる面子が揃っていた。

「おう、ケルヴィン！　久しぶりだな！」

「獣王祭以来でしょうか？　お元気そう……ではないですね？」

「ああ、さっき色々あってさ……」

ガウンからはサバトが率いる獣人パーティがやって来ていた。国に残る獣王の代理らしい。直接顔を合わせたのは、ゴマが言う通り獣王祭が最後だったか。あの後にも、獣王にかなり搾られたと風の噂で聞いている。

「な、何でサバト様に連れられて、俺なんかまで一緒なんスか……俺、絶対足手まといじゃないッスか……」

「ガハハッ、それだけサバト様に信頼されていると思っておけ、グイン！」

「えぇー……」

それでも根っ子の部分は全く変わっていないようで、以前と似たようなやり取りが行われていた。しかし、何かが物足りない。この期待をいまいち外している感じは、一体──

ああ、そうか！

「ゴマ、まだサバトを殴らないのか？」

「おい！　何とんでもねぇ事を言い出すんだ、ケルヴィン!?」

いや、あれがないとサバト達に会った気がしないというか。

「フフフ、今の私の拳がサバトに当たったら、以前のようには済みませんから。今日のところは温存しておきたいと思います」

「だ、だとよっ。残念だったな」

サバトがホッとしたように胸を撫で下ろしている。おいおい、ゴマってそんな生易しい事を言う玉じゃないだろうに。こう、後先考えずに取り敢えずサバトを殴るみたいな、そんな芸風だった筈だ。もしやこのゴマ、本物じゃない？　前みたいに獣王と入れ替わってる、なんて事も考慮しておいた方が良いかも。

「ん？」

「おっ」

俺が深読みしていると、今度はトライセンから参戦するアズグラッドと目が合う。兄妹で打ち合わせをしていたのか、大人シュトラも一緒だ。

「よう、ケルヴィン。今日も元気そうじゃ……ねぇな。一体どうした？」

「あ、ああ、さっき色々あってさ……」

待て。俺って今、そんなに元気なさそうなのか？　そんなに心配されるほどやばそうなのか？　プリティアの抱擁、恐るべし……エフィル、ちょっと鏡持って来て。

「遂にこの日が来たな。余りに楽しみだったからよ、昨夜なんて全然寝付けなかったぜ」

「アズグラッドお兄様ったら、相変わらずそういうところは子供なんですから。ケルヴィンおに……さんも、何とか言ってやってください」

「シュトラさ、それって間接的に俺も責めてる？」

「えっと……シュトラ、難しい事分かんないや」

シュトラは一瞬で子供シュトラへと変身して、わざと知らないふりをし出した。しかも、ジェラールが一撃で撃沈するであろう笑顔まで振り撒いている。君君、誤魔化そうとするんじゃない。その状態でも恐ろしいほど頭脳明晰だと俺は知っているぞ。俺の呼び名を言い間違えるほど長く屋敷に住んでたシュトラなら、俺の行動原理がどんなものか重々承知だろうに。もしや、それを踏まえて直せと言っているの？

「いいえ。男の子だったら、それくらいのわんぱくさは残しておくべきですよ。母として、心が擽られますから」

「……こちらは？」

アズグラッドの肩を抱くようにして、偉い美人ですげぇ巨乳な女性が霧の如く突然現れた。現れた事に関しては気配があったからそこまで驚きはしないが、正直その胸の大きさに心底驚かされてる。これはセラ以上、もしやエストリアよりも大きいのか!?　……いや、しょうがないじゃん。俺だって男だもの。

「貴方とは初めまして、ですね。S級冒険者のケルヴィンさん。私の名はサラフィア。ロザリアとアズグラッドの母でございます。娘と息子が、いつもお世話になっておりまして」

「ああ、これはこれはご丁寧に。息子さんは兎も角として、娘さんの働きにはいつも助けられていますす」

「おい。兎も角って何だ、兎も角って」

言葉通りの意味だって。ロザリアは使用人として雇っている訳だし、そりゃお世話になっているさ。一方のアズグラッドは、たまに我が家に来ては地下鍛錬場で遊んで行って、フーバー達とお茶して帰るだけ。国王となってからは比較的落ち着いたものの、先週にもこっそりと転移門を使って来ていたのだ。まったく、戦闘狂とは困ったものである。

しかし、この人がアズグラッドの義母、氷竜王のサラフィアか。言われてみれば黒髪の色白で、所々ロザリアに似ている。ここ最近はシュトラも青魔法を使うようになってるし、もしシルヴィアに加護を与えていなかったら、シュトラに付与して欲しかった。ま、そこは未来の氷竜王に期待したい。

「私以外の他の竜王達も、ここに集結しつつあります。ふふっ、竜王が一堂に会するのは何十年振りでしょうね。初めて目にする子も多いですし、今日という日をとても楽しみにしていました」

比較的最近に竜王となった我らが竜ズに、サラフィアが遠目に穏やかな眼差し(まなざし)を向ける。

何というか、ダハク達からしても本当のお母さんみたいな印象だ。

「あー、こう見えてサラフィアは現竜王の中でも最高齢なんだ。若作りって大事だよな」

「アズちゃーん？」

「あ、やべっ！　つう事でケルヴィン、また後でなっ！」

「待ちなさいアズちゃん！　まだ母の話は終わっていませんよっ！」

猛ダッシュで逃げるアズグラッドと、それを嘘みたいなスピードで追い掛けるサラフィア。何というか、性格はロザリアとはまた違う方向性のようだ。

「もしかしてさ、アズグラッドの奴、氷竜王に騎乗して決戦に臨むつもりなのか？」

「うん。アズグラッドお兄様は嫌がっていたんだけど、ロザリアがトライセンの防衛に回っちゃって」

「……それってシュトラの手回し？」

「えっへへ～」

シュトラは無垢な笑顔を浮かべている。うん、肯定と取ってよろしいのだな？　まあ、パートナーであったロザリアと組ませるのも確かに強力なタッグだが、大陸随一の騎乗能力を持つアズグラッドならば、氷竜王であるサラフィアをも乗りこなせるだろう。アズグラッドにはそれだけの力があるし、そちらの方が戦力としても助かる。

しかしなぁ……少女の人格と大人の人格、その両方を併せ持ってからというもの、シュトラが一層強くなった気がする。いや、戦闘力はもちろんだけど、特に精神的な面で。冷静沈着だった大人シュトラに、大胆な発想と行動をしてしまう子供シュトラが合わさって、その両方の強みが発揮できるようになったというか……以前より増して、大変心強いのだ。

「それにしても凄いよね。これだけの人達が、今日ここに集まるだなんて。トライセンも、ガウンも、デラミスだってコレットちゃんが来るし、トラージはこんなにも凄い船を用意してくれたんだよ？　大戦後に和平を結んでから、４大国同士が手を取って大規模に協力するのは、今日が初めてなんじゃないかな？」

「ついでに言えば、全竜王と勇者に魔王、後は最強の変態達もか。本当に錚々たる面子だよ」

「そんな凄い人達のまとめ役が、ケルヴィンお兄ちゃんになるんだけどね！　もう少しで出航式の代表者挨拶が始まるよ。皆の前で喋るやつ！　お兄ちゃん、準備は大丈夫？」

……え、代表者挨拶？　何それ聞いてない。誰がするの？

「ま、待て、もしかしてその挨拶って……」

「もしかしなくても、お兄ちゃんがするよ。決戦前に皆の士気を高める大事な役目だから、しっかりね！」

「……シュトラ、ぶっちゃけ俺は何も考えてないぞ。それに俺は柄じゃないから、代わりにツバキ様あたりを――」

「兄ちゃんが、するよっ！　（ニコッ）」

一瞬頭が真っ白になったけれど、配下ネットワークを通じてシュトラがカンペを準備しておいてくれました。

◇　◇　◇

「以上、代表者挨拶を終える。素晴らしき言葉を述べてくれたケルヴィン・セルシウスに、もう一度盛大な拍手を！」

――パチパチパチ！

ふぅ、何とかやり切った。シュトラのカンペで乗り切った。まさか、決戦前にこんな式典形式な催しがあるとは思っていなかったぞ……この港は関係者以外立ち入り禁止区域にバッチリ入っているから、戦いの場へ向かう俺達とツバキ様以外いないというのに。一体どこ向けの式典なんだと、文句の2つ3つくらいは言ってやりたい。うーむ、やっぱ国の体裁を保つ為(ため)に必要なのかな？　俺の言葉なんかで士気が上がるのか、甚だ疑問なのだが。

「ご主人様、お疲れ様でした」

「ああ、慣れない事はするもんじゃないな。シュトラ、カンペサンキュー。完璧な文章だったよ」

読み上げる俺は、棒読みだった感が否めなかったけど。完璧な文章を代償にして、何とか相殺で済んだんじゃなかろうか？

「お兄ちゃん、とっても格好良かったよ」

「うんうん、選手宣誓みたいだったね」

リオンよ、それってどうなの？　爽やかって意味なのか、初々しいって意味なのか。

「――では、諸君！　妾は共に行く事はできぬが、必ずや諸君らが勝利してくれると信じておるぞ！　これにて出航式を閉会する！」

と、挨拶が終わってホッとしていたら、いつの間にやらツバキ様の締めで式典が終わっていた。これより割り振られた船にいよいよ乗船して、各大陸の中心に位置する海域を目指す事となる。

船は全部で28隻、目的地に到着するまでは海中に潜行する手筈だ。各船には遠くからでもやり取りができるマジックアイテムが備え付けられている為、潜行中の連絡も可能となっている。故障等に備えてクロトの分身体を全ての船に乗せているし、その辺の対策は万全。俺とコレットの召喚士コンビが、何とかフォローしますとも。

……ただ、俺とコレットが同じ船に乗る事になってるのが、一抹の不安ではある。船での移動は数日かかる予定だ。つまり、ある程度の日数は密閉空間にいる事となる。神聖なスメル不足によるコレットの錯乱を危惧しての配置らしいのだが、俺としては色々な危機を心配せざるを得ない。

「ケルヴィン！　先ほどの挨拶、なかなかであったぞ」

そんな事を憂いていると、ツバキ様が扇子をパタパタと扇ぎながらこちらへとやって来た。

「ああ、ツバキ様。ありがとうございます。お世辞でも嬉しいですよ」

「そう謙遜するでない。どこかトライセンの姫君が考えたような文章にも思えたが、そう妾が勘違いしてしまうほど、素晴らしいものであったぞ。のう、皆の者？」

「えっへへー。私のお兄ちゃん、凄いでしょ？」

「うんうん、ケルにいは凄いんだよ！」

「はい、ご主人様は凄いのです」

　ねえ、これは何という羞恥プレイなのかな？

「おいおい、勘弁してくれよ……それじゃツバキ様、私達(たち)もそろそろ行こうと思います」

「うむ、妾が手伝えるのはここまでじゃからな。すまないが、ここで吉報を待たせてもらうとするぞ」

「なぜツバキ様が謝られるのですか。これ以上ないってくらい、私達はツバキ様に感謝しているんです。帰って来たら、私に何かさせてくださいよ」

「そうか？　ならば、この婚姻届けにサインをしてほしいのじゃが――」

「――よーし、皆準備は良いな!?　行くぞ！」

　ツバキ様の計略発言を掻(か)き消しながら、俺は思いっ切り仲間達に叫んだ。そして、船へと飛び乗った。

「出航だ！　扉の閉め忘れに気を付けろよ！」

潜水艇兼飛空艇の機能を備えた船団が、次々と港を発って水中へと潜って行く。トラージの国王たるツバキにとっても、これだけの船団の活動を目にするのは、先の戦争以来の事。その光景を瞳に焼き付けるように、ツバキは最後の一隻が見えなくなるまで、ジッと海を眺めていた。

「……行ったか。しかし、また振られてしまうとはのう」

「ツバキ様、いつまでかの者に執着されるおつもりで？」

「わうっ!?　お、おお、何だカゲヌイか……音もなく現れるのはいつもの事じゃが、少しは妾の身になって現れてほしいものじゃ。急に背後から声を掛けられては、心臓に悪い」

冷や汗を消し去ろうとするように、パタパタと風を自身へ扇ぐツバキ。何とも可愛らしい悲鳴といい、相当驚いたようである。

「申し訳ありませぬ。何やら、ツバキ様の後ろ姿から哀愁が漂っていたもので」

「妾に哀愁とは失礼な奴じゃな。それに、執着とはどういう意味じゃ？」

「そのままの意味かと。ケルヴィン殿を起用しようとする事、直接交渉や書簡でのやり取り諸々を含め、数えに数え計64回。その全てで敗北しております。如何にツバキ様といえども、流石に潮時では？　そろそろ婚期を考え――」

「――そんな回数、数えんで良いわ！　全く、死んでしまった爺と似たような事を言うからに、余計なお世話というものじゃ。妾、これでもエフィルと同い年であるぞ？」

「彼女こそ、彼の者と夫婦の契りを交わす寸前ではありませぬか……現実を見ましょう、現実を」

「現実を真っ正面から見据えてるからこそ、この結論なのじゃ。ケルヴィンの黒髪を思い出せ、同族の容姿を妾が見間違える筈がない。奴は間違いなく、竜神様と同じ地よりやって来た転移者である。トラージの王族はその純血を保つ為、同族の者としか婚姻を結ぶ事ができぬからな。トラージの未来を考えれば、ケルヴィン以上に適任な婿はおるまいて。その為にも、竜神様に無理を言ってケルヴィンを見定めて頂いたのだ。しっかりと許可も頂戴したぞ」

「だから先日、ご一緒に行かれたのですな。しかし……」

「しかしもかかしもないっ！　何、心配するな。次の手は考えておる」

「ほう、考えとは？」

　パチンと扇子を閉じたツバキが、懐から何かを取り出す。それは香水瓶にも似た小さな容器であった。

「くっ、デラミスの巫女の周辺を調査した件は覚えておるな？　この瓶はその成果よ。奴め、清楚な容姿とは相反して、このような大胆な手を使うとはな。先にケルヴィンに唾をつけていた妾を、出し抜くだけの事はある」

「……一応、お伺いしておきましょうか。それは一体？」

「媚薬じゃ。それも手練れのくノ一が煎じた、強力な代物よ」

「……」

　覆面で表情の見えないカゲヌイであるが、この時ばかりはその心中を察するのが容易だった。眉間を押さえながら俯いている。

「本気でございますか？」

「本気も本気じゃ。何、デラミスの巫女がそれをやったという事は、神に許されたと同意。ならば、妾だって問題なかろう。自分で言うのもアレだが、ほれ、容姿だって巫女には負けておらんぞ？」

　実際、それを許した女神と実行した巫女にとって、とても痛いところをツバキは突いていた。

「それは些か早計かと。最初からケルヴィン殿と巫女が、そういった関係にあったのかもしれませぬ。昇格式の段階から、そういった噂が確かにありましたぞ」

「ええい、うるさいのう。妾が調べ上げたところ、ケルヴィンと巫女が顔を合わせたのは昇格式が初めてになる。ケルヴィンは色を好むが、セラやエフィルが一緒にいる前で、初めて会った他の女に手を出すような薄情な男ではない。関係を持つにしても、ある程度の

期間は必要なのじゃ。まだ巫女がケルヴィンに一目惚れをし、強制的に関係を迫ったと考えた方が現実的！　理解したか？　したのなら、これはもう決定事項。口出し無用じゃ！」

「むむっ……」

妙に的を射ているツバキの言葉に、カゲヌイはそれ以上説得を続ける事ができなかった。決戦に向かった者達が無事に帰還するのは、皆が願うところ。されど、帰ったら帰ったで一波乱が起きそうな者も、中にはいるものだ。

◇　◇　◇

――水燕三番艦

船の中は思いの外快適だった。中は広く、俺達には個室が与えられているので、それほど窮屈な感じはしないのだ。船の壁には所々窓があって、そこからは外の様子を覗く事もできる。数日の航海であれば、ストレスになるどころかちょっとした小旅行気分だ。

「……ブルッ」

しかし船の潜水後、間もなくして俺は謎の寒気に襲われた。何だろう、風邪だろうか？　これから決戦の場に向かうってのに、幸先が悪い。エフィルに粥でも作ってもらおうか。

「ご主人様、何か温まるものを作ってきますね！」

「あ、ああ、悪いな」

俺がお願いするまでもなく、俺の震えを感じ取ったエフィルは船の調理場へと直行した。この奉公精神と察しの良さ、流石としか言いようがない。

基本的に28艦の船全てに調理場は設置されているのだが、乗組員が食べる料理を提供するのはエフィル、サラフィアさん、プリティアちゃんの仕事となっている。3人が別々の艦に乗っていて、選ばれしトラージ料理人達がそれぞれを支援する形だ。クロトの分身体を使えば船の間で受け渡しが可能な為、美女美少女が作った美味い飯を食って、士気を高めようという算段だ。

……一部、やけに逞しいダハク視点での美女が交じっているものの、料理の味は本物だから問題はない。誰が作った料理なのか、そこをぼかして移動させているから、問題はないのだ。俺の乗ってる船はエフィル安定だしな！　何の問題もない！

「ケルにい、見て見て！　海の中が見えるよ！」

「あ、お魚さんっ！　グローマもいる！」

リオンとシュトラは船に備えられた窓より、海中の光景を眺めていた。普通に海を見るだけでも興奮するというのに、今回は海中探索をしているようなものだ。そりゃはしゃぐし、興奮もするだろう。子供のそういう姿を見せられると、こちらまで嬉しくなってしまう。まだ出発したばかりだし、この辺りは竜海かな？

「ケルヴィン、こっちも見てみなさいよ！　凄いわよ、凄い！　何というか……すっごい！」

セラもリオン達に負けない勢いで楽しんでいらっしゃる。というか、それ以上に楽しんでいる気さえする。それで良いのか、比較的年長者のお姉さん。

「ふふっ。ケルヴィン様方はいつも通り、本日も賑やかですね」

「……よう、コレット」

「今、ほんの少し間がありませんでした？」

「ウウン、気ノセイジャナイカナ？」

別にコレットの顔を見たせいじゃないとは思うけど、タイミング良くあの寒気が再度到来。本格的に体調が悪いのかもしれない。あ、これが船酔いって奴なのか!?　メルフィーナだって船酔いをしてたっていうし、可能性は否定できないぞ！

「あの、ケルヴィン様？　具合が悪いのでしたら、お部屋で横になるのが良いかと。ええ、ケルヴィン様は横になるだけで良いのです。私が近くで寄り添い、白魔法で力添え致しますので。寝てるだけ、寝てるだけです」

「そうしてくれるとありがたいけど……いや、今エフィルが元気になる料理を作ってるから、それを食べてから考えるよ。コレットだって、そこまで暇な訳じゃないんだろ？」

「いえ、最優先すべきはケルヴィン様の体調です。メルフィーナ様が愛したそのお体、何よりも大事に致しませんとハァハァ！」

「コレット、せめて興奮を隠す努力をしてくれ……」

ある意味いつも通りだから、逆に落ち着くと思ってしまう俺はもう手遅れなんだろうな。たまに見せる聖女モードの時の方が、今じゃ違和感がありまくる。これでも、コレットは本心より心配してくれているんだ。だからこれ以上、俺からは何も言えんわ。

さて、俺の腰にしがみ付くコレットを見て分かる通り、俺が乗るこの水燕三番艦にはセルシウス一家（ダハク不在）とコレットがいる。各船の面子の割り振りは、主にパーティ別だ。ガウン所属ならそれでひと纏まり、刀哉達なら刹那や雅、奈々が同じ船といった具合。

しかしながら、これには例外もある。召喚士である俺とコレットの配下は、召喚を応用して水中でも自由に船の行き来が可能な為、決戦の日までは好き勝手にぶらぶらできるのだ。ダハクならプリティアの乗る船に、聖騎士団団長のクリフは稽古をつけに刀哉のところに行ったり、セラがバアル一家に会いに行くなんて事も可能——マジで自由だな。術者である俺は無理なのに……

「ご主人様、お待たせして申し訳ありません。最高の一品を仕上げて参りました」

「全然待ってないぞー。うおっ、レインボーな光！」

エフィルが押し運ぶ配膳台から、何やら後光のような神聖な光が差している。眩しくて直視できない……！

「スンスン……この香り、メルフィーナ様と同じ匂いがします！」

「ええっ……」

メルの奴、お粥と同じ匂いしてたの？　いや、流石にそれは無理があるだろ。食い気のあるメルだって、もっと色気のある匂いしてたぞ。

「わあっ！　エフィルねえ、何それ!?」

「ま、眩しいよぉ……でも、お腹の空く良い香りがする」

「もしかしてそれって、前に料理対決した時に出した、あの伝説の……！」

「いえ、それとは別種の料理となっています。今回はお粥です」

「あ、なーんだ、早とちり！」

いやいや、あんなに輝いている時点で、伝説の料理と称しちゃって良いとも思うのだけれども。

「そうだ。エフィル、クレアさんから頂いた料理があったよな？　折角だし、部屋に集まって皆で食べないか？」

「流石はご主人様、名案です」

「わーい！　それじゃ僕の方でアンねえ達に念話しておくから、先に行っててよ」

「リオンちゃん、私も手伝うわ」

「承知致しました。お飲み物はどうしましょうか？」

「『ハクちゃん農園産リンゴジュースで！』」

「あ、それ私もお願い！」

　我が家の補給担当は安心と信頼の活躍をしてくれる。現在進行形でストーカー行為に及んでいるのは、まあ相手が相手だ。俺とジェラールの安寧を期待して、全てに目を瞑ろう。

「これは料理界の革命よ！　エフィルの料理が頂点だと思っていたけど、クレアったらこんな隠し玉を持っていたなんて！」
「むう……仮孫を贔屓したいところではあるが、エフィルはそういうものを好まんからのう。引き分け、引き分けじゃ！」
　いつか聞いたような台詞に、驚きと感嘆の気持ちを乗せるセラとジェラール。俺も後光粥の合間にクレアさん特製料理を一口頂いたが、確かにエフィルの料理にも劣らない味だった。料理自体も俺には分からないもので、どう表現したら良いのか、正直言葉が出てこない。こう、イメージとしたらイタリアのコース料理に出てくるような、高級そうだけど名前が分からない……みたいな？　駄目だ、知識に乏しい俺では、この程度の食レポしかできない……！

「美味しかった……」

「美味しかった、ね……」

「生まれてきて良かった……」

リオン、シュトラ、アンジェの3人も、完食した後はどこか遠い目をしながら、心ここに在らずといった様子。至福の余韻に今も浸り、生の喜びを噛み締めているようにも見える。メルフィーナ最大の誤算は、今この場にいられなかった事だろう。まあ、レシピが同封されていたし、全てが終わったらエフィルに作ってもらうとしよう。あいつ、まず間違いなく感動するだろうな。感極まって泣いたりして――

「――心のどこかで、慢心していたようです。ご主人様、私はこれより一層の努力をすると、ここに約束します。ご主人様のメイドとして、誇って頂けるメイドになってみせます！」

「そ、そうか。期待してるよ」

「はいっ！」

エフィルがこれまでにないくらいに燃えている。今のままでも、十分過ぎるほどに誇っているんだけど。全幅の信頼を置いているんだけど。

「ハグ、スゥ、ハグ……！　これが、これがメルフィーナ様の味……！　そして、匂い……！」

それはそれとしてコレット、それ俺のお粥なんだけど。

◇　◇　◇

「しまった。俺とした事が、こんな重要なところを見落としていたなんて……！」

海底に潜ってから半日が経過し、今になって俺はある事に気が付いてしまった。悔やんでも悔やみ切れない、そんな思いでいっぱいだった。

「一体どうしたのよ？　そんなに頭を抱えて？」

「どうしたもこうしたもない！　セラ、よく考えてみろ。俺達この船の中にいる間、戦闘を行える機会が全くないぞ。屋敷と違って耐久性防音性に優れた修練場もないから、仲間同士で模擬戦もできない……！」

そう、水燕（すいえん）の内部では好き勝手にバトる事ができず、フラストレーションが溜（た）まりに溜まってしまうのだ。こんなところに数日間もいてしまえば、腕は鈍るばかり。俺の理性もいつまで保てるものか、これじゃあ分かったもんじゃない。

「あー。戦闘狂特有の悩みね、それは」

「うわ、思いの外冷静にツッコまれた……」

俺のベッドに寝転びながら本を読み、エフィルの作った菓子を傍らに置くセラ、意外と動じず。このままでは、クロメルとの大事な一戦にベストコンディションで臨めないというのに、なぜに落ち着いていられるのか？　俺はそう問い質したい！

「むむっ、それは確かに一大事ですね。早急に対策を練らねばなりません！」

「コレット、真面目に考えてくれるのは嬉しいんだけどさ、いい加減俺の腰から離れない？」

俺の後光粥を半分ほど盗み食いしたコレットは、半日経った今でも俺の腰にしがみ付いていた。あれかな？　メルフィーナが不在だから、遠慮を知らない状態にあるのかな？

「ご迷惑をお掛けしているのは重々承知です。ですが、この身は暫くケルヴィン様とお会いできていなかったのです。どうか！　どうかもう暫く、ここに置かせてください！」

「分かった。分かったからよだれを拭こう！　それさえやってくれれば、もう好きにして良いから！」

「好きにして良いのですか!?」

コレットがくわっと目を見開く。この聖女、ちょっと怖いんですけど。クッ、メルフィーナ不在のしわ寄せが、まさか俺にまとめて降り掛かってくるとは……！　だが、この狂信者をリオンのところに行かせる訳にはいかない。俺自らが防波堤となって、愛しの妹を護らなければ！

「ケルヴィンお兄ちゃーん、トランプしよー」

「うん？　もしかして、何か面白そうな話してる？」

言ってる傍からリオンとシュトラが入室。妹達よ、今この部屋に入ってはならぬ！　しかしこの子らは、話の分かる良い子ばかり！　念話、退避すべしと念話を飛ばす！

「あ、う、うん。了解。コレット、ほどほどにね～」

「仕方ないね。リオンちゃん、トランプを10組くらい使って、大神経衰弱でもしよ？」

「そ、それは僕の頭じゃちょっと……スピードとかはどう？　ちょうど2人でできるゲームだよ」

「速さ勝負じゃ私が不利だよー」

2人の退避が完了した。危ない危ない、いつの時代も巫女は油断ならないからな。今は遠ざけておくが吉だ。

「ねえねえ、ケルヴィン君」

「うおっ!?　……アンジェ、いつの間に？」

瞬きの隙間を縫ったのか、コレットとの逆サイドにアンジェがベッドに腰掛けていた。クレアさんの料理を食べた補助効果のせいか、いつもよりも速く感じる。

「リオンちゃん達が部屋から出る時に、皆の姿が見えてさ。ついつい入ってきちゃった」

「頼むから普通に入って来てくれよ。首を取りにくる時と違って殺気がないから、反応し辛いんだ」

「普通に入ったら、リオンちゃん達が不公平に思っちゃうかもでしょ？　お姉さん、その辺りはしっかりしているのです」

「な、なるほどな……」

「それでさ、話は戻るけど、ケルヴィン君のストレス解消方法について、お姉さん考えついた事があるんだ」

「ほう？」

しっかりと冒頭の話を理解している辺り、どこかで盗み聞きしていたらしい。屋根裏にいたのか？　いや、船の中だし、そもそも屋根裏じゃないか。いずれにせよ、忍者ができそうな事は殆ど実現可能なアンジェなら、どこからでも盗み聞きができたのだろう。

「ケルヴィン君が溜め込んだフラストレーションを、別の事にぶつければ良いんだよ。例えばさ、趣味のゴーレム作りとか！」

「なるほどな、別方向へのアプローチか……けど――」

「――だけど準備したゴーレムの最終調整、もう済ませているのよね。試運転の必要もあるし、余計に手を加えるのは得策じゃないと思うわ」

パリッと菓子を食べる小気味良い音を鳴らしながら、セラが俺の意見を代弁してくれた。そうなんだよ。決戦に備えて、やれる事はもうやってしまっているんだよ。

「うぐっ、直接手伝ってるセラさんにそう言われると、これ以上言い返せない……！」

「いやいや、方向性はかなり良い意見だったよ。ありがとな、アンジェ」

「うー……」

頭を撫でてやるも、アンジェはまだ少し残念がっているようだった。

「まあまあ、水でも飲んで少し落ち着きましょう。皆さんにお配りしますね」

「あら、気が利くわね、コレット」

「ありがとー」

「悪いな。コレットにこんな事させ——おい、ちょっと待て」

がしっと、水差しを持つコレットの腕を摑む。

「……ケルヴィン様、如何されましたか？」

「コレット君、その水は何かな？　一体どこから取り出したのかな？　俺、すっごく見覚えがあるんですけど？」

容器は違えど、俺はこの水を覚えている。忘れもしないぞ、デラミスでの運命の夜は。そして今、鑑定眼でコレットの容疑を再確認した。

「た、ただの清い水ですよ？」

「清い水は媚薬成分なんて入ってないと思うんだけど？」

「そ、それは、ええと……そう、自分の気持ちに素直になれる水なんでいたたたたぁ

「――――！」

コレットの頭にアイアンクローをかます。この際、身分や性別なんて関係ない。コレットが耐えられるであろう、限界の強さでかます。

「何でこのタイミングで媚薬を盛るんだよ、お前……」

「その、蓄積したフラストレーションを解消するには、別方向へのアクションが必要。となれば、これが最も手っ取り早い方法かと思いましてぇいたぁーい！」

頭が良過ぎるのも考え物か。信仰心で抑制すべきところが制御不能になっとる。リオン達を帰して本当に正解だったわ、危うく大惨事になるところだった。おっと、まだこっちの手を緩める訳にはいかないな。メルフィーナが言っている気がする。ここでストレスを発散すべきだと。

「痛い痛い、痛いです！　ですが、これもある意味で愛の形！　つまるところ、私の信仰心が試される試練とも呼べるでしょう！　そう思えば不思議と頭の痛みも気持ち良くなってくる気がします！　いえ、甘美な快楽であると、今確信致しました！　さあ、もっとください ケルヴィン様！　私は今、進化の時を迎えています！」

コレットの息が段々と荒く、瞳は潤んできている。改心するどころか、瞬く間に新たな道を見い出したぞ、この聖女……やはりこの世界、変態ほど最強なんじゃなかろうか。

「ねえ。思ったんだけど、コレットの秘術で船が壊れないように補強して、結界の中でドンパチやれば良いんじゃないの？　多少なりとも広い部屋でも借りれば、取り敢えずは大丈夫でしょ」

「「……あー」」

本のページをめくりながら放たれた、セラの何気ない一言。これにより、俺の抱える問題は完全解決した。船内でこういった波乱の日々を送る事、数日。いよいよ俺達は、目的地である海域へと到達する。

「ハァハァ……あの、ケルヴィン様？　手の力が弱まっていますァァー！」

◇　◇　◇

――戦艦エルピス

エルピス艦内に存在する、礼拝堂と思われる一室。かつてアイリスを演じていたエレアリスが創造した最後の聖域、そこをそっくりと移動させたかのような既視感を感じさせるこの場所には、あのパイプオルガン型の祭壇までもが安置されていた。そして、オルガンは重厚な音色を響き渡らせている。演奏者は事の主犯であるクロメル。彼女の小さな指が鍵盤の上を動けば、デラミスに伝わる有名な賛美歌の曲が奏でられる。

「ほう。神になろうとする貴女が、神を称える曲を弾くのか。これは実に興味深い事だ」

　クロメルの背後にて、初老の男が言葉を発する。それと同時に曲を奏でる指が止まり、必然礼拝堂には静寂が訪れた。

「何だ、止めてしまうのか。私としてはもう少しだけ、貴女の演奏を聴いていたかったんだが」

「……解析者。いえ、今や同胞として残っているのは、真の名を知る者ばかり。最早この呼び名は不要でしょうね。何用ですか、リオルド？」

　漆黒の翼をバサリと一度羽ばたかせたクロメルは、リオルドの方へと向き直る事なく問いかける。

「何、今日はやけに上機嫌のようだったからね。ケルヴィン君との約束の日でもある事だし、最後に挨拶でも……と思ってね。お邪魔だったかな？」

「いいえ、そんな事はありません。リオルドはアンジェと共に、彼の最も近くで貢献してくださった功労者です。どこに無下にする必要がありましょうか」

　クロメルは再びオルガンを弾き始め、先ほどとは異なる曲を奏でる。その曲をリオルドは知っていた。東大陸を取り巻く大戦が終わり、４大国が静謐街パーズを作り上げた際にできた楽曲だ。

「……本当に器用なものだね。見たところ、『演奏』のスキルは持っていないようだが？」

「私が何年生きてきたとお思いですか？　スキルがなくとも、この程度の事は難なくできますよ。分からない事は覚え、できない事はできるようにしてきましたから」

「ほう、黒の君は白い君よりも努力家なのだね？　こうして直接話をする機会はあまり設けられなかったが、私の目にはそのように映るよ」

「……私という生物は怠惰なものでして、大切なものがなくなってからでないと、本気を出せなかったのです」

　ゆったりとしていた曲調が、ほんの僅かに速くなる。当然、リオルドはそれを聞き逃さなかった。

「おっと、すまないね。少し配慮に欠けた質問だった。話を変えよう。エルピスは貴女の魔力をエネルギーにして動いているし、今やその操縦も思いのままだ。しかし、昨日まではあんなにも高らかに飛行を続けていたのに、今日はやけに低空飛行。一体どうしたんだい？　これでは、自分はここにいると自ら教えているようなものだよ？」

「リオルドらしからぬ質問ですね。今日は約束の日、なんですよ？　折角殺し合い（デート）にお誘い頂けたのです。待ち合わせの時間は心持ち早くに、分かりやすい場所でするのが当然ではありませんか。私は待つ事は得意ですが、一方で早く会いたいという気持ちもしっかりとあるのです。リオルドなら既に承知の筈（はず）、わざわざ聞くまでもない事でしょう？」

「……重ねてすまない。そこには思い至らなかったよ。まだまだ私も思慮が浅かったようだ。世間話の延長として流してくれ」

この瞬間だけ、リオルドの表情に困惑が宿る。どうやらその理由は、本当に想定していなかったようだ。

「ふふっ、では私も他愛のない世間話を1つ。リオルド、貴方の望みは『パーズ出身の英雄を生み出す』、でしたね？　それも、世界を救うほどの大英雄を」

「ああ、そうだね。果たしてケルヴィン君がそうなってくれたのかは定かじゃないが、私はそう願った。私なりに努力もした。さて、どうなる事か」

「なぜ、そのような願いにしたのです？」

一向にこちらを振り向こうとしないクロメルの背を見ながら、リオルドは含みのある笑顔を作っていた。今の彼であれば、トリスタンとも張り合える悪い表情をしているといえる。

「ふむ……私はパーズの出身ではないが、あの街には何かと愛着があってねぇ。柄ではないけど、街を守護する人物がいない事に危機感を持っていたんだ。パーズは弱いからね。そんな中、何の因果か使徒として転生してしまった。私の前に現れた悪い女神は、協力をする代償に願いを叶えてくれるという。となれば……後は、ご想像の通りだと思うよ？　断罪者は祖国を護る事に入れ込んだようだったが、私はそれ以上に利を得たかった。パーズを護る為、彼に全てを懸けたんだ。君の企みを打ち砕くほどの大英雄を作り、パーズを含めた世界を救い、パーズの誇りとなってもらう。おっと、改めて言葉にして、初めて気が付いた。私はかなり強欲だったようだね。いやはや、お恥ずかしい限りだよ」

「……ええ、知っていましたとも。貴方が狸であると知っていた上で、私はリオルドを最後まで手駒に残しました。そうであるからこそ、リオルドは本気で任務に取り組んでくれると思っていましたから。お蔭様で仕上がりは上々。戦い方次第では、あのセルジュでさえも打倒可能な実力にまで成長しました」

パーズ生まれの祝いの曲は流麗に綴られている。クロメルの声遣いも同様だ。

「君はケルヴィン君を楽しませたい。私は彼を強くしたい。互いに利があって結んだ契約だった。後は彼の活躍を信じるだけだよ」

「そうですね。この後はどうしますか？　使徒を抜けると言うのであれば止めません。彼と手を組むという手もあります。ああ、今から私に斬りかかるというのも、なかなか面白いかもしれませんね」

「そんな事はしないよ。私はね、負けると分かっている賭けはしない主義なんだ。それに、今も私は君の使徒だ。契約上、最後まで筋を通さないとすっきりしないし、願いが解消されては堪ったものじゃない。貴女とケルヴィン君がサシで戦えるよう、精々協力させてもらう。言いたい事はそれだけだよ」

「……リオルド、貴方の健闘をお祈りしていますよ」

「その言葉、そっくりそのまま返させてもらおう。良い戦いを、我らが主よ」

　その言葉を最後に、リオルドの姿は跡形もなく礼拝堂からなくなった。それはパーズの曲を演奏し終えるのとほぼ同時であり、クロメルは続けて次の曲を弾く。弾き始めた曲は再び賛美歌。心なしか音に、高揚した感情が乗っているように感じられる。

「……神を称える曲？　ふふっ、違います。違いますよ、リオルド。私が思い馳せる方はただ1人しかいませんもの。これはあなた様に捧げる為の、あなた様を讃美する為の曲です。私が管理するこの世界は、あなた様を中心として転生し続けます。ああ、そうです。次の世界では白き私の代わりに、この私がパートナーとなって共に旅をするのも良いかもしれません。或いは敵対する、それとも傍観？　戦いに明け暮れ、仲間を増やし、愛を育み、旅の終着点として――」

　クロメルは両手を振り上げ、オルガンの鍵盤を破壊するかの如く叩き付けた。ダァーン！　と、感情を爆発させたかのような音が響き渡る。

「――どうあっても、私に殺される。どのような過程を踏もうとも、物語の最後を締めくくるのは私なのです。これだけはエフィルにも、セラにも、リオンにも、アンジェにも、シュトラやコレットにだって譲れません。ええ、絶対に許されません……！」

　次の瞬間、戦艦エルピスが大きく揺らいだ。遅れて、途轍もなく大きな轟音もこの礼拝堂に聞こえてきた。

「……やっとお越しになられましたか、あなた様。待ち侘びましたよ。マオ、リオルド、トリスタン、開戦の狼煙は上げられました。丁寧に出迎えてくださいね？」

――水燕三番艦

クロメルの待つ方舟、戦艦エルピスは非常に低い位置にて滞空しているらしい。らしいと言い回しが婉曲な表現なのは、俺達が乗る水燕が未だ海の底にて、消音化しながら潜水中だからだ。要は、俺が直接目にした訳ではない。では、その情報源は？　というと――

『ん、水竜王がそう言ってる』

『なるほどな……うん、大体の位置は分かった。今シュトラとコレットが即席の地図を作ってるから、完成し次第複製してクロトに転送させるよ』

『役立てて何より。水竜王も喜んでる』

『ええと、直接お礼を言うのはまだ無理っぽいか？』

『ん、恥ずかしくて死ぬらしい』

『そ、そうか……』

と、この通り水竜王が海の生物達から情報を収集して、海上の状況をリアルタイムで教えてくれたのだ。人見知り過ぎるメンタル面は兎も角として、流石は海の王。その能力は計り知れないものがある。クロトを伝った念話でさえも、シルヴィアやエマを間に挟まないとできない。そんな恥ずかしがり屋さんではあるけれど、やっぱり偉大なのだ……！

「できたー！　うん、なかなかの出来！」

「え、もう!?　いくら何でも早過ぎないか？　まだ数分も経ってないぞ？」

「私とシュトラちゃんが2人掛かりで製作したのです。これでも丁寧に仕事をしたつもりですから、精度はご安心を」

「むう、確かに凄まじく精巧な地図じゃな……」

2人に作ってもらっていたのは、クロトが配下ネットワークにアップした水竜王の情報を、海上と海底の2種類に関連させた地図だ。船を動かしてくれるのはあくまでもトラージの船員達、彼らに具体的かつ詳細な情報が伝わるよう、今回はこの地図を使って船を動かしてもらう。

「クロト、全部の船にこの地図を『複製』して送ってくれ」

俺の肩に乗るクロトが、手渡した地図をモグモグと食べるようにして保管に入れる。これでクロトの分身体が、他の船にも同様の地図を渡してくれるだろう。っと、もう地図を戻してくれた。早いな、送信完了したのか。

「へ～、クロちゃんが新しく覚えた複製のスキル、こうやるんだ～」

スキル発動中のクロトを、シュトラが興味津々な様子で見詰める。気のせいか、注目されるクロトは恥ずかしそうだ。

　クロトが新たに会得したこの複製スキルは、対象のアイテムを、魔力を消費してそっくりそのまま同じものを作り出すというものだ。まあ、名前のまんまだな。クロト曰く、紙とインクで作った地図のようなものであれば容易に何枚でも、逆に構造が複雑であったり、単純に価値の高いものであるほどに複製はし辛いんだそうだ。俺達が使用する武具とかであれば、それこそ立て続けにスキルを行使して数ヶ月レベルになるとの事。まあそれだけ聞くと扱い辛そうにも感じられるが、そこは使い方次第だ。クロトの持つ『分裂』と『保管』を複合すれば、こんなコピー機&受信機な活躍もできたりする。

「前々から思っていましたが、クロト様は陰ながら途轍もない働きをされていますよね」

「それは日頃から俺達も思ってるけど、やっぱコレットやシュトラから見てもそうなのか？」

「うんうん。高価なマジックアイテムを使って映像音声の伝達をしたりは私達もするけど、あれってお互いに同じマジックアイテムがないと使えないし、色々と制限が多いもん」

「能力の特性上、同じ召喚術を使う私よりも融通も利きますし」

「正直、今までの兵学が覆っちゃうと思うな」

「あと暑い日とか、クロトがベッドになってくれると涼しいわよね！」

　我らが頭脳明晰チームのシュトラ、コレット、セラに立て続けに褒められ、クロトはどこか誇らしげだ。いつもより体の震えが多い。だけどセラ、お前が最後に褒めたところは方向性が何か違うと思う。つうか、ベッドになってくれたのか、クロト。うーん、ウォーターベッドみたいな感じ、なのか？　よし、今度試させてもらおう。

「それじゃ船長、この船は三番艦なんで、ここを目指してください」

「了解しました。トラージ艦隊の底力、奴らに見せてやりましょう！」

この地図には各水燕の番号をふっていて、そこが戦闘の際の布陣となるようになっている。エフィル達の料理のお蔭もあってか、船員達の士気は頗る高い。この調子であれば、予定通りの位置に船を微調整して陣取ってくれるだろう。

後は召喚術を使って、仲間達を各船に移動させれば準備完了……なんだけど、その前に。

ゴホンゴホン。

「皆、これが俺達の戦いの1つの区切りとも呼べる、最後の戦いだ。敵はメルフィーナの憎悪が生み出した堕天使クロメルと、その使徒の残党。今まで経験した戦いの中でも、一番の激戦になると思う。間違いなく、最強最大の敵だろう。だけど、俺達は積み重ねてきた。クロメルを打倒する努力と、それを成し遂げる為の力を！　俺が指示する事は至極単純だ。敵をぶっ飛ばして、生きて帰って来い！　俺がこんなくさい台詞を言ってんだ。できるよな!?」

「できます。ご主人様の下に、私は必ず帰ります」

「姫様を助けるは王の仕事。ならばワシは、王の剣となり、欲張って盾にもなりましょうぞ！」

「メルがいないと、食事の時間が寂しいものね。私もあの芸術的なおかわりをまた見たいし、いっちょ取り戻してやりますか！」

「皆やる気満々だ。僕達も負けていられないね、アレックス？」

「ガウッ！」

「トライセンだって無関係じゃないもん。私もトリスタンをぶっ飛ばーす！」

「あはは、それじゃお姉さんも一肌脱がせてもらおうかな？　首を持ち帰るのは控えるけど、まあ敵次第って事で」

「へっ！　兄貴や姐さん方に、何よりもプリティアちゃんに俺の勇姿を見せる良い機会だぜ！」

「消耗したエネルギーは糖分で補給。私が一番活躍して、ご褒美は特製ケーキ。うん、良い計画だ」

「お、おでだって竜の王様だ。ダハクにも、ムドファラクにも負けない……！」

「私も微力ながら、皆様を全力でお支え致します。この身はメルフィーナに捧げたもの、本日幾度吐く事になろうと、私は一向に構いません！」

俺の号令に合わせて、皆が声を張り上げる。一部活躍を控えてほしい発言もありはしたが、全員が全員、本気でこの戦いに臨んでくれている事が痛いほど感じられた。ああ、俺は本当に良い仲間達を持ったんだな……

その後、仲間達は再召喚で別の船に向かったり、装備の再確認をするなど思い思いの行動に移った。これら全ての行動が俺達の勝利に繋がるのだと、俺は信じている。

そんな風に再びくさい台詞を心の中で呟いていると、シュトラがとてとてと可愛らしい足音を鳴らしながら、俺に寄って来た。ニコニコと何だか嬉しそうだけど、冷やかしたいといった悪戯心もありそうな子供特有の表情だ。

「ケルヴィンお兄ちゃん、私が台詞を考えなくても大丈夫だったね。これなら出港式も全然問題なかったのに」

「今は身内ばかりだから別なの。それよりもシュトラ、トリスタンをぶっ飛ばすんだって？　俺がぶっ飛ばしちゃ駄目？」

「もう、お兄ちゃんには特大級の相手がいるじゃない。欲張り過ぎるのは良くないよ？」

「なぬうっ!?　どうしよう王よ！　ワシ、さっき欲張っちゃったぞい！」

唐突に俺とシュトラの会話に割り込んでくる魔王鎧。お前、さっきボガと一緒に別の船に行かなかったっけ？　仮孫案件だから百歩譲って割り込みはオーケーとしても、念話で良くない？

「ジェラール、少し自重を覚えようか」

「お兄ちゃんもね♪」

「「む、むう……」」

ともあれ、いよいよ船は浮上する。さあ、戦い（デート）の時間だぞ、クロメル！

――中央海域
海面から飛び出す数多（あまた）の水燕（すいえん）の艦隊。船に搭載している機能の1つ、青魔法を利用して水中でも一時的に甲板に出られるようになった為（ため）、戦闘員は既にそこにて待機中だ。つまり、即刻戦闘可能状態にある。

「第一波組、頼んだぞっ！」

最初は時間との戦いだ。気配を消しつつ浮上かつ、不意を打つ為の速攻攻撃。敵戦艦の位置は事前に把握済み、このエルピスを囲うように配置した各船が、八芒星（はちぼうせい）を描くが如く空へと突き抜ける。更にそこから天高く飛び立つは、8体の竜王達だ。

「おう！　神の方舟だか何だか知らねぇが、んなもん俺達が撃ち落としてやるよ！」

「何だい何だい。馬鹿息子がいつの間にやら偉くなったもんだねぇ。息吹（ブレス）の吐き方、覚えてるのかい？」

「それは私も不安。基本、いつもダハクは女の尻しか追い掛けていない」

「ハハッ！　おでもそう思うぜ！　ダハクはどこに行ってもそればっかだ！」

「ぐう〜、親がいるとやりづれぇ……！」

「あらあら、男の子はそれくらい貪欲であるべきだと思うわよ？　私のアズちゃんなんて、違う方向に欲求が偏っちゃってるし」

「おい！　何の話をしてんだよ！　無駄話なんかしてねぇで、さっさと風の障壁を壊すぞ！」

「風といったら僕でしょ！　フロムがその道の玄人として、上手(うま)い具合に中和してやる！」

「ねーねー。水ちゃん黙っちゃってどうしたの？　気分悪いの？　風邪？　ねーねー、雷ちゃんにも教えてー」

「……」

「ま、纏(まと)まんねぇ……ったく、んな事してるうちに予定地点に到達だ！　兎も角、思いっ切りぶっ放せ！　俺の『竜絆(りゅうのきずな)』で地力を底上げする！」

　好き勝手に振舞う竜王達を窘(たしな)め、紙一重の協調性で力を結集させるアズグラッド。サラフィアの背に騎乗する彼は、自身の固有スキルである『竜絆(りゅうのきずな)』を発動。パーティを組む竜種のステータスと集中力を高め、普段行動を共にしない者同士であろうとある程度の連携を可能とさせる。この力により、絶対に団結できないだろうと思われていた竜王達の全力息吹（ブレス）は、奇跡的に同じタイミングで一斉放射させられた。

　ダハクの全ての物質を溶かす腐敗の息（ケロウブレス）、ムドファラクの全属性を注ぎ込んだ竜咆超圧縮弾（サジタリア）、竜化して強気になったボガの活火山創造の息（ラーバクレータブレス）といった、ケルヴィン達にとっては見慣れた息吹（ブレス）に加えて、今回は更に他の竜王達の息吹（ブレス）も増し増しだ。

　サラフィアが亜熱帯の気候をも一瞬で極寒の凍土に変貌させる純白の息吹（ブレス）、そのママ友であるかーちゃんが有を無に帰す漆黒の息吹（ブレス）、フロムや虎次郎（とらじろう）、雷竜王の国を滅ぼす超ド級な息吹（ブレス）群が、四方八方から戦艦エルピスへと放たれた。

　――ッッッ！

　エルピスが周囲一帯に噴出した風の障壁に、それら八竜王の威光が衝突する。その際の鳴動は筆舌に尽くしがたいものであり、ただただ凄まじい衝撃の余波が波紋となって拡（ひろ）がっていた。

「ぬうぅ――――……！」

「馬鹿でかい戦艦を介しているとはいえ、全ての竜王の力と拮抗（きっこう）させるとは……！　裏の姫様の魔力は侮れんわい！　じゃが！」

「ああ、道は開かれたっ！」

　ボガに騎乗するジェラール、サラフィアのアズグラッドが声を合わせながら前を見据える。その視線の先にあるのは、強力な風を出していたエルピス各部の噴出口が、モクモクとした黒煙を出している光景だった。竜王の息吹に対抗する為、エルピスの限界を超えて解き放った暴風の代償。それが正に、エルピスの異常を知らせるあの黒煙だったのだ。

「障壁がなくなったぞ！　全速前進！　あのどでけぇ方舟を攻撃だ！」

28艦の水燕は最高速でエルピスへと接近。この間にも各艦・各人による砲撃は開始され、障壁がなくなって露呈されたエルピスの装甲にヒット。攻撃が通じた事実はより各員の士気を高める要因となって、その働きに拍車をかけた。

だが、敵側の戦艦もただ黙って攻撃を受け止めるだけではなかった。大小様々な砲台が装甲部から出現し、スコールの如く弾幕を展開。更には破壊された筈の噴出口から、天使型のモンスターを解き放ち始めたのだ。砲撃やモンスターによる攻撃は水燕に飛来し、かなりの精度でこれを命中させていた。

「ぐっ、そう簡単に事は運ばないか……！」

「も、問題ありません！　この程度であれば、耐えさせて見せます！」

全てのトラージ船には、コレットによる巫女の秘術が施されている。これらはケルヴィンの大風魔神鎌や、刹那の斬鉄権でもない限りは破壊されない、世界最硬の護り手。だがしかし、船の数は全部で28隻にも及ぶ。障壁の欠損よりも心配するべきはむしろ、コレットの魔力残量が不足して、秘術の維持が困難になる事だ。

この決戦の日の為に、残ったスキルポイントを『大食い』のスキルに全振りし、大量の

ＭＰ回復薬を用意したコレット。吐いてでも飲み、飲んでは魔力を回復させるという意気込みは本物で、今も巫女の秘術は正常に機能している。それでも、限りなくこの状況が続くなんて事はありはしない。コレットの鋼の意志が続くまでが、ケルヴィンらに課せられたタイムリミットだった。

「コレット、これから俺達はエルピスの内部に潜入する。その間、頑張ってくれるか？」

「巫女として、私の土壇場という訳ですね？　メルフィーナ様とケルヴィン様の為となれば、このコレット・デラミリウス！　巫女として、歴代最高の働きっぷりをお見せしましょうとも！」

「ありがとな、コレット。これ、メルフィーナが姿を消す前に作っていた特製の回復薬だ。この戦場の要はお前だと言っても過言ではないんだ。辛いと思うけど、これで根性を見せてくれ。じゃ、行ってくる！」

「僕もあの方舟の中で頑張ってくるから、コレットも一緒に頑張ろうね！」

コレットはケルヴィンから瓶詰めされた輝く液体を手渡される。もう純白の方舟は間近、ケルヴィン達は船の甲板から飛び立ち、敵陣へと向かって行った。

「ふ、ふふっ……信仰すべきケルヴィン様とリオン様に信頼され、メルフィーナ様お手製のお薬まで頂いてしまいました……！　これで無理をするなというのが、無理というものですっ！」

コレットが昂ると同時に、水燕の各艦表面が淡く輝き出す。1層だった障壁が2層、3層と枚数を増やし、その厚みさえも増していく。その強固さは以前とは比較にならず、たとえ敵艦エルピスの砲撃が直撃しようとも、水燕本体には何の衝撃も伝わらないほどの護りと化していた。

「うおっ、凄いな」

その光景を横目に見ていたケルヴィンは、安心するかのように口元を緩ませる。と、その直後にシュトラからの念話が送られてきた。

『ケルヴィンお兄ちゃん、アズグラッドお兄様からの伝言よ』

『どうした？』

『さっきの息吹の一斉掃射で、竜王さん達が疲れちゃったみたい。少し時間を置けば復帰できるけど、直ぐには大技とかは使えないらしいわ』

『クロメルの魔力とエルピスを纏めて相手取った訳だからな、疲れも半端ないって事か』

『でも、あの方舟から出てくるモンスターの相手くらいはできるって。私も精一杯フォローするから、お兄ちゃんは自分の戦いに集中してね！』

『ああ、頼んだ――ん？』

ケルヴィンとシュトラがそう念話していた最中、戦艦エルピスの真下部分のハッチが開かれ、そこから巨大な何かが投下された。

「さあ、ジルドラさん！　我々の出番ですよ！」

◇　◇　◇

1つの島と見間違う大きさを誇るエルピスと比較すれば、それはその百分の一のサイズにも満たないものであっただろう。だがたとえそうだったとしても、その投下物がどうしようもないほどに巨大であったのは間違いなく、大空でそれぞれの戦いを繰り広げる者達の視線を一挙に集めたのもまた事実。何よりも重要だったのが、それがただ単に巨大なだけの代物ではなかった事だ。

エルピスより投下されたそれは、一見生物なのか、それとも機械なのか判別がつかなかった。なぜならば、それが両方の外見を併せ持っていたからだ。太陽光を悉く反射する洗練された青と白の外装は、かつてエフィルとジェラールが戦ったジルドラの作品達を連想させられる。未来的なデザインはこの時代において酷くミスマッチであり、エルピスと同様にある筈のない技術の集大成だといえた。

その上で、それには生身である部分も存在していたのだ。装甲がアーマーといった武具の役割を担うとすれば、こちらはその使用者である使い手だ。この空に現在8体いる竜王と同様の威圧感を感じさせる、生物として頂点に属する絶対種。機械的な装甲の中に、何らかの竜王と思われる竜がいた。

「ようこそ皆々様！　神の方舟エルピスが誘う、冒瀆的かつ危険な空路へ！　皆様の最初のお相手は、この統率者、トリスタン・ファーゼが！　そしてその助手役となる生まれ変わりし創造者、ニュージルドラさんが務めさせて頂きます！」

一部の者達が嫌悪感を顕わにするほど聞き覚えのある声が、投下物と同じ位置から聞こえて来る。近くにいたというのもあるだろうが、この時に最も早く反応したのはアズグラッドだった。

「ああっ？　てめぇ、マジでトリスタンか!?」

「おっと、これは懐かしい顔だ。アズグラッド様、相も変わらず戦に飢えているようですな。こんな戦に参戦されているとは、理解に苦しみます」

「んだとこの裏切りもんがっ！　てめぇのせいで、トライセンは滅茶苦茶にされたんだぞ！」

「何を言うかと思えば、そんな世迷い言を。愛国心迸る私はしっかりとあの戦いの中で、華々しい戦死を遂げたではありませんか！　むしろトライセンを衰退させたのは、貴方の父君であるゼル・トライセンではありませんかな？」

「この野郎……！」

トリスタンは嘘を言っていない。その口から出てくるのは、悪意に満ちた事実だけだ。

それ故にこそアズグラッドを苛立たせ、冷静さを欠かせた。

「落ち着け、トライセンの若き王よ！　くだらん戯言に耳を貸すなっ！」

「……っ！　わりぃ、頭に血が上ってた！」

すかさず、ボガに騎乗したジェラールが叫んで注意を促す。トリスタンを相手にする場合、会話は厳禁。一方的に話される言葉を徹底的に無視して、空気を読まずに攻撃を仕掛けるが吉。ケルヴィン達はそれを対トリスタン戦の基本戦法として、今回のメンバー達にも周知していたのだ。

「む、そこの黒鎧の騎士殿。もしやジルドラさんを倒した英雄殿では？　おやおや、あちらの三つ首竜に乗るのは、かつて私を射殺した使用人ではありませんか！　良いですねぇ。キャストは豪華なほど、数が多いほど映える！」

気が付けば、トリスタンの周りはエフィルとムドファラク、ジェラールとボガ、アズグラッドとサラフィアによって包囲されていた。いずれも話を聞く素振りは一切見せず、臨戦態勢に移行している。

「返事がないというのは、実に寂しいものです。ならば、少しばかり有益な情報を漏らしてあげましょう。何、私が一方的に口走るだけの話です。耳に入れるだけならば、何の問題もないでしょう？　それに無視する一方で、貴方がたも気になっている筈です。先ほど私が語った、生まれ変わったジルドラさんについて！」

――ドゴォ――――ン！

トリスタン宛ての返答はなかったが、その代わりに強烈な炎の矢と剣戟、焰槍ドラグーンの炎が放たれた。巨大な竜型兵器がその手より繰り出した防御壁に阻まれたものの、その攻撃がエフィル達の無言の断りである事は明白だった。

「ジルドラが生き返ろうが、ワシらには関係ない事だ。やるべき事は何ら変わらん。お主を、その竜と共に断ち切るのみ」

「その通りです。燃やしてしまえば、何であろうと等しく灰になりますから」

「そうですか。ですが、私も貴方がたを無視しているので、勝手に独り言を喋りましょう！」

竜型兵器のシールドの向こうにいるトリスタンの表情に変化はない。ただひたすらに楽しそうに、周りの決戦の舞台を舐めるように眺めていた。

「改めてご紹介致しましょう！　私が配下に置いていた最後の神柱、神機デウスエクスマキナ！　これは私のとっておきの切り札であり、他の神柱が倒された事で更なる力を得た最強の配下でありました。ですが、先の戦いで私は知ったのです。その程度では、貴方がたには勝てないと！　ですから……泣く泣く、泣く泣く！　ジルドラさんに素材として、デウスを提供したのです！」

トリスタンが大袈裟に両手を振り上げ、葛藤するかのような仕草をして見せる。もちろんこれは彼の演技であり、挑発だった。

「ジルドラさんはこの最高の素材を受け取る代わりに、同じくして最高の素体を提供してくださいました！　その名も光竜王サンクレス、先代の光竜王ムルムルを相手に挑戦し、勇敢にも立ち向かった美しき古竜です！　彼はジルドラさんより秘策を賜り……まあ、その詳細は私の知るところではありませんが、恐らくは正々堂々と！　真っ向から実力勝負をする方法だったのでしょう！　兎も角、彼はムルムルに勝利し、新たなる光竜王となった！」

流暢にトリスタンが高説を垂れるこの間、機械竜は周囲から総攻撃を受けていた。だが、一切合切がシールドによって遮断され、トリスタンへ攻撃を通さない。自信の表れは本物のようだ。

「これは言わば、私とジルドラさんによる共同開発の集大成！　何せこの傑作の動力となるコアは、あのジルドラさんが最後の備えとして用意していた、彼のオリジナルを想定して造られた体……！　ジルドラさんは果たしてこの体で、何を成そうとしていたんでしょうなぁ。それも想像すれば容易いので、私はそのお手伝いをする事にしました。この体を配下とする事で私のコントロール下に置き、心臓部に据えたのです！　今こそお披露目致しましょう！　その名も『ジルドラ・サン』！　神の力にも匹敵する、光の化身です！　フフフッ、永い永い時間を費やしてまで求めた究極の力、遂に手中に収めましたね、ジルドラさん！　おっと、別にジョークではありませんよ？　勝手ながら、私が名付けさせて頂きましたがね！」

　長々とした話に区切りがつくと同時に、持ち得る火力を注ぎ込んだ一斉攻撃にも途切れが生じる。やはり単純な火力による正面攻撃では、シールドを破れそうにない。

「ったく、ペラペラと好き勝手に言いやがって！」

「……悪趣味な奴じゃな。仇であったジルドラに同情するつもりはないが、奴もまた厄介な輩に目を付けられたものじゃて」

「どのような誹謗中傷も、無言よりは心地好いものです。良いですかな？　これはジルドラさんが自らをも材料にして造り出した、最高傑作なのです。万が一にも、貴方がたが勝つ事はなぶはっ……!?」

　その瞬間、アズグラッドは目が点になった。どこからともなく現れたケルヴィンが、シールドを乗り越えてトリスタンの顔面を殴ったのだ。ほんの少し前まで空々しい態度を取っていたトリスタンが、ジルドラ・サンの肩から物凄い勢いで吹っ飛び、落下していく。

「よう、トリスタン。お前には1つだけ借りがあったよな？　取り敢えず、一発殴らせろ」

「いや、もう殴ってるだろ……」

　アズグラッドは呟くように反論した。

◇　◇　◇

「む、ぐっ……！」

良い感じにぶっ飛んで行ったトリスタンが、空中にて召喚術を発動させた。魔法陣から現れたのは紫色の大怪鳥。ええと、ディマイズギリモット、だったかな？　たぶんそれだ。そいつの背に着地したトリスタンは俺を見上げ、血を吐き、頬を腫れ上がらせながら気持ち悪い笑みを浮かべている。

「ふ、ふふっ……！　漸く主役のお出ましですか。ケルヴィン殿、いつ来るものかと心待ちにしておりましたよ？」

「残念だけど、心待ちにしていた相手はお前じゃないんだ。大事な用事に向かう道すがら、金を貸したまま消えたクソ野郎を見つけた程度の認識だよ。で、貸した金も今回収した」

「ほう？　確かに貴方の拳は抜群に効きましたが、私はまだこの通り。戦闘不能には程遠いですよ？」

「分からない奴だな。だから言ってるだろ。俺はこれから大事な用事があるんだって。それにだ――」

俺はおもむろに、トリスタンの背後を指差してやった。俺からトリスタンに贈る、最大限の親切ってやつだ。

「──てめぇの相手は俺らだろうが！」

「っ！　アズグラッド……！」

サラフィアと共に突撃したアズグラッドが、怪鳥ごとトリスタンに猛攻を仕掛ける。これで奴は更に彼方(かなた)へと追いやられる事に。俺がジルドラゴンからトリスタンを殴り飛ばした事で、あいつは強固なシールドの外へと出てしまったからな。要は分断に成功した訳だ。

『エフィル、ジェラール、俺の気晴らしに付き合ってくれてサンキューな』

『いえ、当然の事です！』

『うむ。トリスタンを出し抜いて、ワシも少しスッキリしたぞい！　まあ馬鹿正直な攻撃とはいえ、結構本気でやって防御壁を破れんかったのは、些(いささ)かショックじゃったけど……』

トリスタンが召喚術を使って、あのジルドラゴンを手元に戻す可能性もなくはなかったが、今さっきそれが不可能である事が判明した。ご自慢の配下だけあって、消費するＭＰも半端ないのだ。召喚を解除するのは容易いが、ジルドラゴンの召喚に費やした魔力量は膨大。それは専用の固有スキルがあってもフォローし切れないほどであったらしい。最大ＭＰの減少に伴って減った魔力を回復させる暇がなけりゃ、そう都合良くジルドラゴンは運用できないという事だ。

『それじゃ、ジルドラゴンの相手は任せたぞ。でもどっちかといえば、トリスタンよりもこいつの方が名残惜しいんだよなぁ。ああ、もったいない。もっと言えば、1等の当たりくじを見す見す見逃すくらいもったいない……』

それも、億兆クラスの当たりくじ。

『また王の悪い癖が……ほれ、はよう行かんかい！　待ち人がおるんじゃろ！』

『ご主人様、ここは私達にお任せください。きっとクロメル様なら、ご主人様に後悔はさせませんから！』

『……それもそうだな。改めて、ここは任せた！』

雑念を断ち切り、エルピスに向けて飛翔！っと、んん？　今、赤い影がすれ違ったような……？

「エフィル、ジェラール！　私達も助太刀するわ！」

「フッ、パパも頑張っちゃうぞ！」

なぜか、予定外な悪魔な方々がジルドラゴン戦に参戦していた。ん、んん？　セラさん、そんな作戦を俺は聞いてないんですけど……!?

『ケルヴィン！　トリスタンの胡散臭さで誤魔化してるようだけど、この竜、思っていた以上にやるわ！　だから、私と父上も先にこっちのフォローに入る！　これ、全部私の勘ね！』

『セラの勘なら仕方ないな！　よし、分かった！』

　これ以上ないほどに説得されてしまった。俺の中でプリティアちゃんと双璧を成す信頼ワード、セラの勘。これを言われたら反論できない。

『危なくなったら呼びなさい！　再召喚されてそっちに行くから！』

『その前に、そいつを倒してくれよ？　後で感想を聞きたいからな！』

『ふふん！　任せておきなさい！』

「うおおお！」

「しつこいですねぇ！」

　アズグラッドが突き刺す焔槍を、大怪鳥の鉤爪(かぎづめ)で受け止めさせるトリスタン。如何(いか)にサラフィアが全力息吹(ブレス)の後で疲弊しているといっても、それは馬鹿にできない威力を誇っていた。力と加速による単純明快な突貫攻撃、トリスタンはエルピスから随分と離れた場所にまで突き離される。

「ふんっ！」

　長らく続けられた突撃が止まり、焔槍が薙(な)ぎ払われる。仕切り直しをするように、２人は一定の距離を保ちながら視線を交差させた。

「こんなところまで押し出されてしまいましたか。全く、アズグラッド様には困ったものだ。しつこい男は御婦人に嫌われますぞ？」

「うるせぇよ！　嫌われ者のてめぇにかまってやってんだ。そこは感謝してほしいね」

「いやはや、女性に靡(なび)かないとは常々思っておりましたが、もしやそちらの気が……？」

「ぶっ殺す」

「アズちゃん、また頭に血が上ってるわ。戯(ざ)れ言(ごと)に耳を貸しちゃ駄目でしょ」

サラフィアが注意を促す。アズグラッドはどうもトリスタンと性格的な相性がよろしくないようで、頭では分かっていても感情が先に出てしまう傾向があった。如何に屈強なアズグラッドといえども、彼だけであれば苦戦は必至だっただろう。

「そうよ、アズグラッドお兄様。あくまでも冷静に、ね」

「ほう、これは驚きました。シュトラ様もご一緒でしたか」

アズグラッドの背よりひょっこりと顔を出したのは、幼い姿をしたシュトラだった。大柄なアズグラッドでその小さな体がすっかり隠れてしまい、見えなくなっていたようだ。

「だから言っただろうが、お前の相手は俺らだってよ。トライセンが起こしちまった面倒事は、俺らが片付ける！」

「この前はまんまと逃げられちゃったけど、今日という今日は絶対に倒しちゃうんだから！」

「素晴らしき愛国心、目が眩むような兄妹愛ですなぁ。前者は私にも多少ありはしましたが、後者は微塵も存在しなかったものです。いやはや、ただただ羨ましい」

懐よりハンカチを取り出し、目頭のあたりを拭うトリスタン。

「――ですが、やはりと言うべきか、必要ではありませんな。そんなもの」

新たな魔法陣が宙に描かれる。今度のそれは、大怪鳥の時よりも更に大きい。光の粒子が紡がれてできた先には、光を反射する鮮やかな鏡がいくつも集められている。平面の鏡が密集しているというよりは、巨大なゴーレムの体全身が鏡と化しているようだった。

「タイラントリグレス、私が使役していたタイラントミラの進化形態です。サイズも然ることながら、その能力も大幅に強化されています。加えて、あちらをご覧ください」

と言われようが、2人はそちらを向かない。

「実際に目にした方が話も早いでしょうに。現在、エルピスより天使が投下されています。良いですか？　天使型のモンスターではなく、本物の天使です。あれもジルドラさんが残してくれた遺産の1つでしてね、原理はよく分かりませんでしたが、天使の設計図を基に、クローンなるものを大量生産したんだとか。自我が薄い上に寿命は極端に短いと、兵器としては欠陥品もいい所だったのですが、まあ本日は特別な日ですからね。専用の装甲鎧を着せて、華々しく戦って頂く事に致しました。竜や悪魔と並んで生物の頂点に属する種族、その力は納得のものですよ？　ふふっ、神の方舟らしい演出にもなりますし、彼らにはその命が尽きるまで、懸命に生きて頂きましょう」

「……クソなげぇ話はそれで終わりか？」

「おやおや、わざわざ待っていてくださったのですか？　さっきのように、空気を読まずに攻撃してくれれば良いものの」

鏡のゴーレムを出され、今は迂闊に攻撃できない状況になっている。その事を理解しているんだろう。トリスタンは不敵に笑い続ける。

「さて……魔王ゼル如きに洗脳された姫君と、大した活躍もできなかった暗愚の息子に、私が倒せますかな？」

「愚問だな。シュトラ、言ってやれ」

「倒せるわ。お父様が魔王になったという事は、それだけの力があったのだと、この世界に認められたのと同義。私達はそんなお父様の、偉大な王の血を継いでいるんだから！」

「偉大な王の血？　フフッ、また面白い冗談を。それを仰るのなら、穢れた血の間違いでは――」
それは一瞬の事だった。タイラントミラの巨体を盾にしたトリスタンが悪意ある言葉を

紡ぐ最中、彼を囲むようにして黒騎士型のゴーレムが展開されたのだ。それは霧の中から突然幽霊が現れるが如く、何の気配も予兆もなかった不意の出来事。台詞(せりふ)の途中であったトリスタンの口が止まり、その代わりに猛烈な勢いで目が動く。自らの意思で動かしたのか、反射的にそうしてしまったのかは微妙なところ。何せ現れたシュトラの専用ゴーレム『ロイヤルガード』は、アズグラッドとの直線上に置かれたタイラントミラの背後にまで出現しており、彼の周囲３６０度を丸っと囲んでいる。どの方向を向いたとしても、ロイヤルガードの姿は視界の中に入っていたのだ。

（鏡のゴーレムを配下に置いてるからどうしたってんだ！　もう分かり切ってる事なんだよ！）

（斬っても駄目、魔法も駄目ならいっその事、無視しちゃうのが一番。倒す必要があるのは使役する配下じゃなくて、術者のトリスタンなんだから！）

シュトラはアズグラッドの背に隠れている間に、A級青魔法【諜者の霧(サグフォッグ)】を全てのロイヤルガード達に施し、辺りに潜伏させていた。この魔法はC級青魔法【虚偽の霧(フォールスフォッグ)】の完全な上位互換となるもので、視認情報だけでなく気配までをも包み込む霧を発生させる。その効力は極短時間で切れてしまう限定的なものであるが、疑似的に対象を同級の隠密(おんみつ)状態とする事ができるのだ。

（――飛び出したのと同時に、僅かな魔力の痕跡が散乱しましたね。高位の魔法による隠蔽、それも気配ごと隠してしまう代物ですか。恐らくは、力を得てしまったシュトラ様の仕業。ひ弱だったあの頃でさえ化け物だったというのに、こんな事までできるようになってしまいましたか。全く、ケルヴィン殿はとんでもない者を差し向けてくれました。私のような凡人如きに、こんな頭のおかしい生物をぶつけてくるとは……）

だが、トリスタン自身はあくまでも冷静。それどころか次の悪態を如何につくかを思考する余裕さえあったらしく、彼の表情が崩れる様子は一切ない。

「シュバルツシュティレ、ジルドラさんの作品を鹵獲したのですね。いやはや、姫君が盗みを働くとは世も末ですなぁ！」

そうトリスタンが叫んだ刹那、彼の乗る大怪鳥も同様に大口を開けた。

――キィーン……！

耳鳴りのような音が聞こえる。そう思った直後には、10機のロイヤルガードが全て弾き飛ばされていた。シュトラはすぐさま魔糸を操作して、空中にて衝撃に抗い停止させる。

「どうした!?」

「見えない壁みたいなものに押し出された、のかな？　ディマイズギリモットの能力だと思う。糸の感触からして、音の衝撃とかそういう類」

「ボガのでか声みてぇなもんか……！」

「フッ、あんな野蛮なものと一緒にしないで頂きたいものですな。ギリィのは、もっと繊細な技ですよ」

　紫色の大怪鳥、ディマイズギリモットはトリスタンが使役する配下の中でも、最も古参に属するモンスターだ。元々混成魔獣団の出身で、一時期トリスタンの下にいたアズグラッドはもちろん知っているし、シュトラも幼き頃よりその存在を認知し、積み重なる知識の一部として記憶していた。だからこそ、その頃の怪鳥ハウンドギリモットにそのような能力がなかった事も分かっている。恐らくは進化の過程で新たに会得した能力だ。

（音と一緒に瘴気が混じってる。ゴーレムじゃなくて生物だったら、今のでも結構危なかったかな。でもこれで、残りの手持ちで未確認なのは夢大喰縛だけになったわ）

　トリスタンと同じく、シュトラの心にも乱れはない。今や家族も同然のケルヴィン達と比べれば、シュトラの実力はまだまだ弱く、どう見積もっても最底辺のようなもの。それを補う為にも、シュトラは最大の長所である頭を回し、戦略で勝利を摑む必要がある。如何にして敵の手を封じ込め、詰ませるか。幼いシュトラの瞳は戦況を見据え、最善手を打ち続ける為に情報を読み解いていた。

「私を注目してくださるのは喜ばしい事ですが、もっと周囲にも気を配って頂きたいものですね」

　奇襲を防いだトリスタンが涼し気に言い放つ。同時にアズグラッド達の眼前には、お返しとばかりにタイラントトリグレスの巨大な拳が迫っていた。

メルフィーナが掻き集めてくれた使徒の情報には、このタイラントトリグレスについても記載があった。大怪鳥と同様に、タイラントミラから進化した個体だ。先ほどトリスタンが言葉にしていた通り、このモンスターの能力も強化されているとすれば、下手な攻撃は仇となって返ってくる可能性が非常に高い。できれば触れる行為も避けたい相手だ。

（エフィルお姉ちゃんと戦った時は、物理と魔法のどちらか一方しか反射できなかった。強化内容を大まかに予測するとすれば、1つ目が両方を同時に反射可能にしている事。2つ目が反射した際の威力増加、もしくは吸収。全部反射可能になってるとすれば脅威だけど――）

考えを巡らせながら、シュトラがアズグラッドの肩を軽く叩く。

「お兄様！」

「分かってら！」

その合図により、アズグラッドは懐から何かを取り出してそのまま投擲。背後のシュトラも片腕を前に突き出して、どちらかといえば低級に属する青魔法で氷柱を作り出し、迫り来る拳に向かって放った。

――パキィ……！

タイラントトリグレスの拳に1本のクナイが突き刺さり、その一方で放った氷柱が倍の大きさとなって跳ね返る。氷柱はサラフィアの体に触れるなり、自壊してしまった。次いでサラフィアは巨腕を掻い潜り、攻撃に掠る事なく回避する。

「ほう、能力の検証ですかな？　正体が摑めぬのなら、威力を抑えた攻撃で確かめれば良いと？」

トリスタンの言ってる事は正解だったが、シュトラは敢えて答えるような事はしない。それよりも優先すべきは兄との会話。本当であればクロトの分身体を使って念話ができれば最高だったのだが、どうも念話はアズグラッドの苦手分野だったらしく、混乱を防ぐ為にも直接会話ができるこの戦闘態勢で臨んでいた。

「――というのが、今のところ所感よ」

「あー、なるほどな」

トリスタンの余裕を少しでも削るように、この会話の最中もロイヤルガードによる攻撃は忘れない。何事も同時進行並列処理でシュトラが話す。

「目まぐるしい空中戦、苛烈かつ可憐ですなぁ！」

「ッチ！　何が何でも口が減らねぇ野郎だ！　なあ、シュトラ。お前の力で、あいつの行動をもっと制限できねぇか？」

「仲間を見捨てさせないっていう制限をもう埋め込んじゃってるから、それは無理よ。私の固有スキルは1人につき1つの約束事までなの。前の約束事の解除はできない事もないけれど、今の状態で私から話し掛けるのはあまり有効じゃないと思うの。散々無視しちゃってるし、すっごく怪しいわ。何よりもトリスタンとの会話自体がやだ」

「まあ、そうだけどよ……」

　味方を見捨てられない、つまりは仲間を自爆させる事もできない。シュトラが奈落の地(アビスランド)でトリスタンにかけた呪いは未(いま)だ有効であり、彼の影の切り札である起爆大王蟲(きばくだいおうちゅう)の強みを封じている状態でもあった。これ以上の会話を引き出す術(すべ)は、シュトラが案じているように今のところ望めないだろう。

「だからお兄様、もうトリスタンと会話する必要はないわ。ガン無視でオッケーよ！　私が適度に支援するから、お兄様は心を落ち着かせて、だけれども戦場での猛(たけ)りと勘を大切にしながら戦って！」

「お前、子供の頃よりも更にアクティブになったな……まあ、その方が俺の性(しょう)には合うけどよぉ！」

　それぞれが異なる得物を扱う10機ものロイヤルガード、シュトラは戦況を見ながらその全てを操り、トリスタンに打撃を与えようとしていた。だが、トリスタンの騎乗するディマイズギリモットはその度に口から超音波の壁を作り出して、攻撃をロイヤルガードごと

押し出して妨害行動を行う。その効果範囲は最大で大怪鳥の周囲全域にまで及ぶ事が分かっており、10機全てが総攻撃を仕掛けたとしても、トリスタンにまで刃が届く事はなかった。

一方でトリスタンの攻撃手である鏡のゴーレム、タイラントリグレスの攻撃が上手く行われているかと問われれば、こちらも攻めあぐねていた。タイラントリグレスの体は強大であり、能力だけでなくそのパワーも凄まじい事が窺えたが、何分動きが遅過ぎたのだ。シュトラ達が乗るのは、最大息吹からそれなりに時間が経過し、疲れが癒えてアズグラッドによる底上げまでもが加わった氷竜王サラフィアだ。竜形態のサラフィアはダハクと同じくらいのサイズで、こちらも竜としてはかなりでかい。それでも前述の要素もあって俊敏性は何ら損なわれておらず、迂闊な攻撃はできないものの、振るわれる拳は容易に回避できていた。

「一進一退、膠着状態が続きますね！　聡明なシュトラ様の次の一手は何ですかな？」

「……」

「ほう、長考とは光栄の至り。それでは、こちらから仕掛けさせて頂きましょう！」

妙なテンションのトリスタンは、シュトラの沈黙を見るなり更にハイに。互いに盤上遊戯が趣味という点が重なってなのか、その様は立ち振る舞い云々を抜きにしても、この戦いを心の底から楽しんでいるようでもあった。

「ギリィ、タイラントリグレス！　貴方達の真の力を、悪しき血族達にお見せしなさい！」

トリスタンの高らかな宣言に呼応するように、一応の人型を保っていたタイラントリグレスがキュインと電子的な音を響かせた。やがてその鏡の体が、バラバラに分解される。

「ああっ？　勝手にぶっ壊れたのか!?」

「たぶん違うわ。クロトみたいに体を分けたのよ」

「ご名答！　見事正解されたシュトラ様には、これをプレゼント致しましょう！」

――パチン。

トリスタンがわざとらしく指を鳴らす。合図に従い、彼の足下に控えるディマイズギリモットがこれまでとは異なる音波を発し、更には幾百ものパーツとなって飛翔する鏡の大群が周囲を遊泳する。

「――っ！」

その光景に何かを感じ取ったシュトラが両手を大急ぎで引き、トリスタンの近くにいたロイヤルガード達を後方へと退避させる。魔糸に追従するロイヤルガードの一団であるが、10機のうち2機が特にトリスタンに近い位置にいた為、行動が僅かに遅れてしまった。

大怪鳥から放たれたのは、集束された特殊な超音波。拡散するのではなく、方向を限定して放つ事で威力を増強させたそれらが、幾本の線となってランダムに放たれて行く。飛んだ先には展開された鏡が待ち構えており、迫り来る超音波の塊と衝突。ぶつかったエネルギーの塊は肥大と加速の追加要素をプラスされ、またあらぬ方向へと反射されていく。そして、その先々にも鏡があり、繰り返すは反射、反射、反射――その過程で運悪く通り道に重なってしまったのは、先ほどの逃げ遅れたロイヤルガードだった。

　まるで見えない大槍(おおやり)に貫かれるようにして、胴体に風穴を開けられる姫君の護(まも)り手達。ゴーレムの耐久性などはなから眼中になかったのか、その攻撃はいとも簡単に装甲を崩壊させ、尚(なお)も反射と増強を繰り返す。鏡の内側は恐るべき威力を持った弾丸が飛び交うフィールドと化し、その中枢にてトリスタンは優雅に両手を広げ構えていた。

「如何(いかが)ですかな？　これぞ攻防一体の我が領域、何人たりとも立ち入る事は敵(かな)いません。この手は考えていましたかな、シュトラ姫？」

「……」

　シュトラは何も答えない。するとすれば、アズグラッドとサラフィアにごにょごにょと何か耳打ちをするだけだ。

「――良いでしょう。氷王の神槍(ファーレンハイトオーディン)」

　シュトラの指示に従い、サラフィアが魔法を詠唱する。輝く氷の息吹(ブレス)がアズグラッドの持つ焔槍(えんそう)へと降り掛かり、槍を中心に螺旋(らせん)を描くが如(ごと)く纏(まと)われる。竜の炎を吐き出すアズグラッドの槍に、氷竜王の支援により氷の力を融合。炎と氷が渦巻く魔槍(まそう)がここに完成した。

（なるほど、槍による物理攻撃、炎と氷の魔法で同時攻撃か！　確かにそれなら、あの鏡野郎もどうにかなるかもな！）

ニヤリと歯を見せながら笑うアズグラッドは、融合した魔槍をトリスタンへと向けて構える。サラフィアの方も、今にもそちらへと飛び出すかのように、かなり前のめりな姿勢になっていた。

「……些かそれは、早計な手ではありませんか？」

「お兄様、構わないで！」

「おう、行くぜっ！」

竜騎士の号令に伴い、サラフィアが猛烈な勢いで突進。アズグラッドの槍先は、トリスタンの作り出したフィールドの外周を取り巻くタイラントトリグレスへと向いていた。スピードが乗る毎に槍の炎と氷が猛烈に唸り出し、獲物を呑み込まんと牙を形成する。

「下策にもほどがありますな」

興醒めするようにその言葉を吐いたトリスタンが、パチンと再び指を鳴らした。タイラントトリグレスの一部が反応して、保っていた領域の一部をずらす。否、正確には反射させる筈だった音波を躱して、散々強化を繰り返した攻撃の1つをシュトラ達に向かわせたのだ。

もう何度反射をさせて強化されたのかも分からない大怪鳥の音波は、限界を超えた速度の凶弾となって襲い掛かる。レベルが上がり以前と比較できないほど強くなったシュトラの目でも、それは追える速度ではなかった。突貫するサラフィアがそれを回避するのは更に難解な事であり、音波の塊は彼女の足を通り抜け、ロイヤルガードと同様に体を構成する分子を崩壊させる。

「まずは定石通り、足に当たりました。さて、次はどこに当たる事やら」

パチンパチンと指を鳴らす毎に放たれる凶弾の嵐。足の次はサラフィアの腕を、翼を――巨大な竜が大空から失墜すれば、それに騎乗する者達に次の矛先が向けられるのは明白だった。

「――あ」

「呆気ない最期でした。私としても残念極まる最期です」

青い空、青い海に挟まれて、シュトラとアズグラッドの鮮血が舞った。銃弾を浴びせられるにしては大き過ぎる風穴が、幼いシュトラの体中に開けられる。トリスタンの周りを飛び交っていた残弾全てが吐き出された時、偉大なる血を継ぐ兄妹の面影は微塵も残されておらず、残骸だけが海面へと落下していった。

「私が唯一恐れた化け物も、これで終いですか。実に呆気ない……いえ、思い通り過ぎる？」

トリスタンが顎に手を当てた瞬間、彼方より爆音が轟いた。出でるは炎と氷の息吹の一斉放射。そして発射場所にいるのは見間違えようもなく、サラフィアの背より焔槍を放つアズグラッドの姿だった。

「フッ、嫌な予感とは当たるものですね！」

「その割には嬉しそうじゃねぇか、この野郎がっ！」

姿を消せるのならば、その逆も然り。先ほど突貫したサラフィア達の姿は、シュトラがA級青魔法【偽者の霧】で生み出した気配ある偽物。偽者を突貫させると同時に諜者の霧を自身に使用する事で、アズグラッド達は音波の嵐を逃れ、全く予想していなかったこの位置より攻撃の準備をしていたのだ。

「ですが、その攻撃は直線過ぎますね！　タイラントトリグレス！」

「だよなぁ！　脳筋な俺もそう思うぜ！　だからよぉ、ダハクっ！」

放たれた息吹を鏡の盾を終結させて防御しようとしたトリスタンに対し、アズグラッドはかつての相棒の名を叫んだ。

「おう、時間稼ぎご苦労さん！　とっておきのが出来上がったぜ！」

アズグラッドの焔槍より放たれた炎と氷の息吹に対して、トリスタンはタイラントトリグ

レスを集結させ抗(あらが)う。その一方で鳴り響いたダハクの声は、トリスタンが騎乗する大怪鳥の真下より聞こえてくるものだった。高度を下げに下げ、海面に接しそうなところでダハクは滞空していた。

「よう、トリスタン！　ケルヴィンの兄貴の名言を借りるとよ、戦闘中に足下を留守にしちゃ負けるらしいぜ！」

「ダハク、ですと？　私に気付かれる事なく、いつの間に――」

言葉を言い掛けて、トリスタンはそのからくりに勘付く。またしてもシュトラの魔法、諜者の霧(サグフォッグ)による潜伏。序盤で奇襲させたロイヤルガードは囮(おとり)であり、本命であるダハクは都合の良い位置に待機して、タイミングを見計らっていたのだ。

「――ふはっ！　そんな名言、聞いた事がありませんねぇ！」

「うるせぇよ！　良い具合に分断できたんじゃねぇか、アズグラッド！　そのまま気張ってろよ！」

「言われなくともなぁ！」

アズグラッドの攻撃は鏡の盾に直撃し、あらぬ方向へと反射され続けている。だがそれはカウンターとなる方向ではなく、鏡の盾も全霊で攻撃を受け止めているのが槍から伝わる感触で理解する事ができた。サラフィアによる体勢の維持、青魔法による補強を受けて、アズグラッドは後先構わず、全力の攻撃を放ち続ける。少なくともこの攻撃が続く限り、全ての欠片が合体した鏡の盾に余裕は生まれないからだ。

そのような状態のタイラントリグレスとトリスタンが分断された今こそが、力を蓄えながら隠れていたダハクの好機。最大息吹によるエネルギーの消失、自身が得意とする大地のない海の上と、様々な制限を課せられたこの状況だった為に準備に時間を要してしまったが、それもシュトラ達の努力により解決された。

「わりぃがここからは、こっちの独擅場だ！　芽生えろ、俺の植物達ぃ！」

ダハクの背にあたる『黒土滋養鱗』から飛び出すは、常識では測れない光景だった。ガウンの神樹にも匹敵するであろう太さを持つ植物が、種から一気に生長し、天を穿つが如く上空へと伸びていく。やがて生長著しい先端部分に亀裂が走り、ぱっくりと2つに裂け始めた。

「こいつは『災厄の種』を俺好みに配合した、特別中の特別品種！　土竜王の意地、食らいやがれ！」

災厄の種――ガウンの獣王祭、そのブロック決勝でダハクがゴルディアーナを相手する際に用いた、最大級に危険な植物だ。その証拠に剝き出しとなった裂け目から、おびただしい数の鋭利な刃が顔を出していた。そう、半分に割れたのは上顎と下顎を形成する為だったのだ。その巨大に過ぎる大口は真上にいるトリスタンと大怪鳥を目標に、もう直ぐそこにまで迫っていた。口端からは正体不明の毒霧と、大量の唾液を垂れ流しにしている。

トリスタンは一瞬両目を細め、大怪鳥ディマイズギリモットに念話を送る。指示を受け、大怪鳥は大きく羽ばたいて更に浮かび上がろうとした。

「黙って居座る必要もありませんな。確かに恐ろしき形状、恐ろしいほどに速い。ですが、速さではこのギリィも負けていませんよ？」

「そうよね、私もそう予想していたわ」

「――っ!?」

飛翔しようとしていたトリスタンの上方、そこより耳に流れてきたのはシュトラの声だった。予想もしていなかった声の方向に従って上を見れば、２機のガードの肩を借りて騎乗するシュトラの姿が。否、ガードの上に乗った巨大な熊型ヌイグルミ、その頭にしがみ付いたシュトラの姿があった。

今もタイラントリグレスに圧倒的熱量と冷気を浴びせるアズグラッド、その背にいると思われていたシュトラが、なぜここに？　トリスタンは考えを巡らせようとするも、直ちにそれを取り止めた。そうするよりも速くに答えに行き着いたし、何よりも既にシュトラが動いていたのだ。

アズグラッドの派手な攻撃は、タイラントリグレスを一ヵ所に集結させて、動けないようにする為のもので、これだけでも十分に効果を及ぼす策だ。だが実際のところは、この一手でさえもが囮であり、シュトラ自身に諜者の霧を施す事で、ダハクと同じく２つ目の本命として機能させる為のものだった。

「また同じ手をっ――」

「――その同じ手に何度も引っ掛かるなんて、間抜けとしか言いようがないわね！　トリスタン・ファーゼ！」

　ぴょん。そんなファンシーな足音が聞こえてきそうな、コミカルなジャンプ。ガードの肩から果敢に飛び降りた熊のヌイグルミ、特にシュトラのお気に入りの人形であるゲオルギウスが、つぶらな瞳を光らせながらトリスタンへと迫り、頭部とのギャップの激しい凶悪な爪を取り付けた右腕を振り上げる。

「が、ぶあっ……！」

　それはケルヴィンへのリスペクトか。もう1人の兄と同じようにトリスタンの頬をぶん殴り、3本の太く深き爪痕を下半身にまで描き切る。その勢いのまま爪を大怪鳥へと突き刺し、止めとばかりに両足のキックで敵方をまとめて真下へと突き落とした。ぴょん。またまた鳴るファンシーな足音。ゲオルギウスはトリスタン達を足場にした反動を利用して、ガードの下へと帰還。重量級の人形とはとても思えない、刹那の出来事であった。

「いえーい！」

　大人シュトラならば絶対に（人前では）しないヌイグルミとのハイタッチも、今ならば存分にやってのける。今のシュトラは正に絶好調、怖いものなしの無敵モードだ。

「ようこそトリスタン！　俺流に歓迎してやるぜ！」

重傷を負い、猛烈な勢いで落下するトリスタンを迎えるは、土竜王ダハクが丹念に育て上げた特上植物。バカリと開放された口は限界まで開かれており、これはもう口が裂け始めているのでは？　と思ってしまうほどである。口内の奥に広がるは底の見えぬ深淵。トリスタンがその光景を意識した時、彼は既に漆黒の中へと取り込まれていた。バクリと口を閉ざしてしまえば、もうどこにも光は差しはしない。

（……っ。これは、なかなかの深手。ですが、召喚士を相手に閉じ込めるなど……!?）

トリスタンは自身の召喚術を行使しようとした。昔ガウンにてケルヴィンから逃れた方法か、はたまたタイラントトリグレスを再召喚しようとしたのかは不明だ。しかしながら、そのどちらの手法だったとしてもトリスタンの目論見は大きく外れ、失敗という結果に結びついてしまう。

「残念ね、トリスタン。その状況でやろうとしてる事、大体の見当はついてるわ。こっちにはアンジェお姉ちゃんや、ベルちゃんだっているんだよ？　前にしてやられた戦法は勉強するし、逆に利用だってする。……あ、もしかしてその時、トリスタンはまだ蘇っていなかったとか、かな？　よく分からないけど、そうだったのなら仕方ないね！」

天使のような笑みがこぼれる。

「ぐっ、この怪物自体が結界!?」

災厄の種にはダハクの品種改良の他に、とある結界が施されていた。それはかつて、ケルヴィンがアンジェと戦った際に使われた、召喚術を断絶する特殊結界。その際の敵だった2人（とおじさん）は今やケルヴィンの仲間であり、その道の専門家であるコレットがいれば再現は十分に可能だった。

「バッドニュースを更に聞かせてやるぜ？　そいつが体内に飼う猛毒は、むかーしジルドラの野郎に埋め込んだもんの、超強化版だ。あいつを逃がした時、そりゃあ悔しかったぜ？　その毒には積もりに積もった積年の恨みをたっぷりと込めてやったからよ、ま、存分に楽しんでくれや」

「……！　ぐお、おっ……！」

トリスタンに挽回の一手は残されていない。完全なる詰み、道化が演じた舞台の終焉であった。

ダハクの猛毒がトリスタンの体を蝕む。彼の肌、その表面に無数の斑点が生じ始め、それらが全身に広がっていく。ブツブツと徐々に突起する病の症状は、進行に伴って激痛を走らせる。常人であれば痛みでショック死してしまうほどのものだ。だが、トリスタンは

使徒として生まれ変わる事で、その常人の域を疾うに越えてしまっていた。激痛では意識を手放せず、命を失わない程度には頑丈だったのだ。

「ぐ、がっ……！」

無作為に手を伸ばそうにも、そこはダハクの生み出した天然の牢獄。光はなく、また彼を助け出そうとする者もいない。かつてジルドラが密閉空間に閉じ込められた際は、暗殺者によって救出された。その上で、自身の固有スキルを使用する事で難を逃れた。だが、今のトリスタンには何もない。暗殺者はアンジェとして第2の生を全うする為に使徒を抜け、頼みの綱であった召喚術も結界に阻まれてしまった。折角支配下に置いたジルドラも今は遠く、他の使徒の助けも望めないであろう状況。お得意の盤上遊戯であれば投了のしどころ、敗北を認めるべき場面だった。

「げ、ぐっ！」

何か声に出そうとするも、呂律が回らず不発に終わる。既にトリスタンの体は、指先ひとつ満足に動かす事もできなくなっている。

（もう、言葉を発する事も叶いませんか……何という悲劇、凡才たる私にはもったいない最期です……！　ああ、誰にもお見せできないのが残念で堪りません！）

しかし、トリスタンは笑っていた。話す事も表情を作る事もできないのならば、せめて心の中で話し笑顔を作る。人間性が壊れてしまった彼にとっては、死に際を楽しむ事が急務であり、如何にして壮絶に劇的に死ぬかを、子供のようにワクワクしながら考えを巡らせる。

（そうですねぇ……まずは死ぬ前に、彼らに置き土産を残すとしましょうか。とはいえ、元々その予定ではあったのですが。これは私の死後に発動する、呪いのようなもの。ふふっ、素晴らしい指し手でしたよ、シュトラ姫。ですが、少々倒す順番を間違えてしまったようですね。その時の貴女の顔と世界の終末、それらを見届けられないのが心残りですが、そんな物寂しさも味というもの。正に人生！　私は潔く受け入れましょう）

トリスタンの肌から隆起した膨らみの1つが、パンパンに空気を吹き込んだ風船の如く破裂する。体内の汁という汁がその瞬間に飛び散り、それまでとは比較にならない痛みが彼を襲った。

「――っ！」

その時の形相を見た者がいたのならば、一体どんな顔をしていたと答えただろうか？　その答えは闇に閉ざされ、恐らくは永遠に分からないままだろう。

（この体はやがて、劇的な最期を迎える事でしょう。それは私の望むところではありますが、やはり痛いのは嫌ですねぇ。私、変態でも異常者でもありませんので）

なけなしの力を振り絞り、トリスタンは魔力体に残っていた2体の配下を呼び出した。シュトラに自害を封じこまれた起爆大王蟲と、唯一今までその姿を見せていなかった夢大喰縛（インキュバクオーグ）である。大怪鳥もそうだが、彼らはトリスタンよりも強靭（きょうじん）なステータスを誇る為か、毒による作用の進行が遅いようだった。

（これが最後の贈り物です。貴方（あなた）がたは私を無残に倒したかったのでしょう。この毒を見れば、そうである事が手に取るように分かります。ですが、残念ながらそれは叶いません。この夢大喰縛（インキュバクオーグ）の力を借りて、精々安らかに逝かせて頂きます）

バク型のモンスター、夢大喰縛（インキュバクオーグ）は人の夢を食べて体内に蓄える。トリスタンはこの戦いに備え、様々な感情を含んだ夢をこのバクに食べさせてきた。その用途は多岐に亘（わた）るものの、シュトラの活躍によって殆（ほとん）ど日の目を見る事なく、役目を終える事となった。ここで下される命令こそが、夢大喰縛（インキュバクオーグ）の最後の仕事となるだろう。トリスタンに安らかな夢を見せるという、戦況には何の意味も変化も成さないような、取るに足らない些細（ささい）な仕事だ。

（――ですが、これが貴方がたにとっては、最も嫌な事でしょう？）

災厄の種の内部にいるトリスタンの姿は、今や誰も視認する事ができない。今更誰の目にも触れない場所でそんな事をしようと、単なる自己満足にしか過ぎないだろう。そんな事はトリスタンだって理解している。理解した上での、彼にできる最後の嫌がらせだった。

（後は、配下の処遇ですかねぇ……ええ、私は最後まで見捨てませんとも。これはこの子達（たち）への救済です。さあ、最後の花火を、あ、げま――）

トリスタンの体は、もう原型を留（とど）めていなかった。全身が限界にまで膨れ上がって、もう人の形にもなっていない。所々の膨らみは既に幾つか破裂しており、その度に死に等しい重苦をトリスタンは受け続けていたのだ。そんな拷問以上の苦しみの中、最後の最後で彼は安息の眠りについた。

夢大喰縛が埋め込んだ夢の中で、果たしてトリスタンは何を夢見るのだろうか？　尤も、その数秒後に彼の体は限界を迎える為、夢を想い描く暇があったかどうかは謎である。

——ッッッ！！！

羽帽子が舞う。膨張に膨張を重ねたトリスタンの体が一斉に爆発、その華々しい爆裂振りは近くにいた起爆大王蟲にまで被害を与え、これもまた誘爆。大怪鳥にバク、そこにいた全てを巻き込んだ爆発は甚大な被害を辺りに撒き散らし、ダハク自慢の牢獄をも爆炎でパンクさせた。

「うおっ!?」

異常を察し、寸前のところで災厄の種を背より切り離したダハクは、急いでその場から脱出する。神樹の大木を思わせた頑強なる植物は、内包するエネルギーの多さに耐え兼ね、遂にはそれ自体が爆発した。爆風に乗って残骸が猛烈なスピードで飛び散る。海のど真ん中だったから良かったものの、これが大地の上での出来事だったなら、大変な惨事に繋がっていたと容易に想像できてしまう。それほどまでに壮絶な光景だった。

ただ幸い、被害は近くにいたダハクの翼が少し焼け焦げた程度で済んだようだ。シュトラやアズグラッドは、サラフィアが作り出した氷の防御壁によって無傷、ガード達も同様である。

「ま、まさか俺が作ったあの毒が、ここまですげぇ爆発を引き起こすたぁ……俺自身、正直驚いたぜ！」

「それは違うわ、ダハク」

「あん？」

「トリスタンが破裂しただけじゃ、あんなに綺麗な爆発は起こらないわ。恐らく、配下のモンスターを爆発させたのよ。どんな手を使ったのかまでは分からないけれど、私が『報復説伏』で封じた筈の封印を掻い潜って」

「あー、そうなのか？　ま、俺の毒で死んだのは違いねぇだろ？　なら良いや！」

それでもダハクは満足そうな表情だった。

「おーい、勝利を祝うのは良いけどよ、この鏡野郎はどうすんだよ？　さっきの爆発が起こってから、全然動かなくなっちまったぞ？」

力の限り焔槍をぶっ放したアズグラッドが、サラフィアの頭に寄り掛かりながら叫ぶ。

アズグラッドの言う通り、盾の形状になって息吹と抗戦していたタイラントトリグレスは、電池が切れたようにそれ以上の変化を起こさなくなっていた。但し浮遊機能だけはあるようで、その場で浮かんだままとなっている。

「迂闊に触れられないのが面倒なところね。今のうちに破壊しちゃうのがベストだけど……」

兎も角、長きに亘って因縁があったトリスタン・ファーゼは死亡し、この世界より跡形もなく、完全に消え去ったのは確かな事。決戦における最初の勝利を飾ったのはトライセン連合——元相棒と母から成る2体の竜王と、誇り高き兄妹だった。

第二章 ▼魔眼の怪物

――中央海域

戦艦より天使が放出され続ける。エルピスが天空に登場した頃より、大陸に舞い降りていた天使型モンスターは、S級に準じた強さである事が確認されている。が、このおかしな鎧（よろい）を纏（まと）った天使達は、それとはまた比較にならない力を宿していた。竜でいうところの古竜、悪魔でいうところの上級悪魔（アークデーモン）と、3大種族の名に違（たが）わぬ力を発揮していたのだ。そんな強大な力を携えた神の兵隊が、方舟（はこぶね）より群れとなって出現する光景は正に絶望の証（あかし）とも呼べる。しかし、だからといってそう簡単に諦める者は、ここにはいなかった。

「どぅーりぃーやっ！」

獣王祭にてガウンの名を授かったサバトもまたその1人、自在に操る愛剣、仲間との連携にて迫り来る天使を迎撃し、自身の乗り込んだ水燕（すいえん）を守護する。

「流石（さすが）ですな、サバト様！」

「アッガスもな！　こいつら、地力はクソたけぇんだろうが、連携も陣形もあったもんじゃねぇ！　自分勝手に獲物を捕捉して、馬鹿正直に突っ込んでくるだけだ！　これなら行けるぜ！」

かつてA級冒険者だったサバトらは、獣王祭を経て更に強くなっていた。それもその筈、その後レオンハルト直々に崖から蹴落とされ、追い打ちに巨石を落とされ、止めに沸騰した油を流されるが如くの特訓を日々受けていたのだ。

心身共に図太くなり、ガウンの名に相応しい実力を伴うようになったと、サバトは自負している。それは妹のゴマも同様で、鉄拳によるツッコミは、サバトを吹っ飛ばす飛距離が以前の比ではなくなっていた。

「おい、ゴマ！　景気付けにアレをやる――って、ゴマ？　ゴマァ――――!?　ったく、ゴマの奴はどこに行った!?　船から落っこちたか!?」

「サバト様、人の事より自分の事を心配してほしいッス！　まだ天歩は使い慣れてねぇんスから、見てるこっちが冷や冷やする戦い方はぁ――――！」

「そう言うお前が落ちるな、グインっ！」

足を滑らせて落下しようとしていたグインの首根っこを摑み、ぐへっ！　という間の抜けた声と共に彼を回収するアッガス。どうやらガウン代表である彼らは、この空中戦を征するべく、天歩のスキルを身に付けていたようだ。

「サバトちゃん達ぃ、ここが正念場よぉ。相手は天使なれどぉ、私達側にだって天使はいるわぁ！　ファイトォー！」

「「「……」」」

空飛ぶ水燕の横を、野太い声の桃色な天使が通り過ぎて行った、ような気がした。サバトらは良い意味でか悪い意味でかは別として、一瞬目を奪われてしまう。そして——何も見なかった事にした。

「おう、さっきのは気のせいだ！　気にしないで踏ん張るぞ！」

「お、おう！」

「やべぇッス、色々な意味で吐きそうッス……」

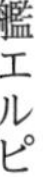

◇　◇　◇

——戦艦エルピス

やや気落ちしたサバトを始めとした戦艦外部で戦う者達が奮闘する一方で、クロメルと使徒を倒し、この巨大な方舟の機能を停止させるべく戦艦エルピスに侵入する、所謂実行部隊も各々の活動を開始していた。『首狩猫』の異名を持つアンジェもそのうちの1人で、持ち前の透過能力とスピードを活かして広大な戦艦を駆け巡る。

「っとと！　あの子の勘によれば、ここだって話だったけど……」

アンジェが辿り着いた場所は、見慣れぬ巨大な機械設備が設けられた空間だった。複雑に入り組んだ用途不明なオブジェクトが、頻りに機械音を上げながら反復運動を繰り返している。

「……解析者、いるのかな?」

「おっと、もうバレてしまったか。いやはや、寄る年波には勝てないね」

それら機械の1つ、その物陰より解析者リオルドが姿を現す。初老を迎え白く染まりながらも整えられた髪に、目にはお馴染みとも呼べる片眼鏡。彼はギルドでよく目にした姿格好のまま、ギルドの長を務めていた時と何ら変わりのない様子であった。

「やあ、アンジェ君。まさか君がここに来るとはね。これも何かの縁なのかな?」

「あ、そっち呼びなんだね。なら、私も合わせようかな。……縁と言いますか、ここが大事な場所だからギルド長が護っていただけなんじゃないですか? その場合、速度的に一番最初に来ちゃう私と出会うのは必然ですよね?」

「そうとも呼ぶのかな?……うん、このやり取りも今となっては懐かしい。あの頃は実に楽しかった。任務とはいえ、パーズの未来を担う若者達の育つ様を見守る、有意義な仕事だったよ」

「私だって楽しかったですよ。いつの間にか本物の恋になっちゃって、今の方が幸せではありますけどね」

「フッ、アンジェ君は受付嬢をやっていた頃から、少しばかり茶目っ気があったからねぇ。

この神の目をもってしても、君が裏切るとは思い至らなかった……さて、世間話もそろそろ打ち切ろうか」

「そうですね」

徐（おもむろ）に片眼鏡を軽く持ち上げるリオルドと、ダガーナイフを構えるアンジェ。ピリリと空気が軋（きし）む。軋んだ瞬間、アンジェの姿が消えた。

――ギィン！

特にこれといった特徴のない無骨な長剣をリオルドが取り出すと、次の瞬間には剣戟（けんげき）が響き渡っていた。火花が散り、合間を空ける事なく再び刃を交える音が連続で鳴る。それでも未（いま）だアンジェの姿は影も形も見当たらず、今度はリオルドの背後よりクナイが飛び交う。

「なるほど、私が教えた事は忠実にマスターしているようだね」

長剣を持たない方の空いた片腕で、放たれたクナイを素手にて摑み取るリオルド。姿が見えていない筈のアンジェに向けられた彼の表情は、子が育つ様を喜ぶ実父のよう。その顔と言葉に反応してか、アンジェはクナイが飛んできた方向とはまた真逆の方に姿を現す。

「使徒として転生してから、何年もギルド長に鍛えられましたからね。自慢の弟子として、誇っても良いですよ？」

「誇っているさ。ただ、まだまだ脇が甘いようだがね」

そう言ったリオルドが、自身の頭に指を向けて何かを指摘するような仕草をして見せた。

「……やってくれるじゃないですか」

今やアンジェのトレードマークの1つとなっている、黒フードの猫耳。その片方が半分ほど切り裂かれて、アンジェの足元へと落ちる。

「速度だけならば、アンジェ君のそれはクロメルにも匹敵するかもしれない。だがね、ただ速いだけでは私の目は欺けないよ？　アンジェ君のギフト、攻撃の瞬間だけは無防備なんだから、タイミングには気を付けないとね」

アンジェがクナイの中に1つだけ混ぜ込んだ、起爆符付スローイングナイフ。爆発のトリガーとなる符の部分を剣先に突き刺して、リオルドはこれ見よがしに長剣を掲げていた。完全に攻撃を見透かされている。

「……ふー。ステータス上の数字では、そんなに差はない筈なんですけどね。むしろ、私の方が優(まさ)っている点も多いのに」

「目に見えるものに囚(とら)われ過ぎじゃないかい？　ほら、仮にも私の方が長く生きている訳だしね。そういうところの差かもしれないよ？」

「最後はやけに適当な解説で流しましたね。まあ、私だって馬鹿正直に戦う気はないですよ」

「ほう？」

にこやかに答えるアンジェが次に取り出したのは、ケルヴィンと共に作り出した拘束武器、起爆符付縛鎖剣。しなる鎖が左右より挟み込むように、リオルドへと迫る。リオルドはその場で跳躍する事でこれを躱す。しかし、彼に近づく攻撃はこれだけではなかった。

「真上からの攻撃か。死角ではあるが、盲点ではないな」

　リオルドの跳躍に合わせて放たれた撃鉄。それはかつての同胞、断罪者ベル・バアルによる猛烈な足蹴りであった。紙一重のところで不意打ちを躱されたベルは、その代わりにリオルドへ射殺すような視線をぶつけてやる。

「ッチ、避けた……！」

「ほう、ベル君も一緒だったのか。この組み合わせは、なかなか感慨深い――」

「あらぁ。おじさまったら、感動するにはちょっと早いわよぉ？」

「――っ！」

　ベルの更に上空より聞こえる、やたらと妖艶な甘ったるい声。血色の大槍を構えるエストリア・クランヴェルツは、中間に位置するベルの存在を特に気にする事もなく、その大袈裟な得物をリオルドへと放ち出した。

◇　◇　◇

血色の大槍はベルごとリオルドを貫かんと、何の躊躇もなくそのまま放たれてしまう。

「ふふぅん、一石二鳥ってやつかしらぁ？」

「この馬鹿女っ！」

犬猿の仲は相変わらず。リオルドは苦笑しながら、ベルを盾とするように彼女の陰へと移動。ベルがこれを黙って受け入れる筈がないと、これまでの２人を予想しての行動だった。そしてやはりと言うべきか、ベルはそんな攻撃を受け入れる筈もなく、脚甲から風を吹かせて片足でリオルドに追加攻撃を行いつつ、もう片方の足でエストリアの血槍を弾くのであった。

——ギギィーン！

片や長剣で迎え撃ち、その際の衝撃を利用して地上へ。片や血槍を弾かれて、面白くなさそうな顔を露わにする。誰のせいだと、ベルの形相も怒りに満ちていた。不意打ちが不発に終わり、全員が床へと降り立つ。

「ちょっと、何やってんのよ馬鹿女？　少しは改心したのかと期待してみれば、中身はやっぱり馬鹿なままだった訳？　いくら胸に栄養が偏って脳細胞が極小だからといっても、敵と味方の区別くらいはついてほしいものなんだけど？」

「あらあらぁ？　私、バアルちゃんの味方になった覚えはないわよぉ？　ただ、おじさまの心臓と一緒にバアルちゃんの心臓も射止められるかなぁって、アンジェちゃんに協力しただけぇ。おつむが弱ぁいのは、どっちなのかしらねぇ?」

「ちょ、ちょっと、2人とも!?」

リオルドに構わず、勝手に喧嘩(けんか)をし始めるベルとエストリア。これには流石(さすが)のアンジェも、2人の間に入って止めない訳にはいかなかった。

「私とアンジェ君もそうだが、君達(たち)も相変わらずのようだね。殆(ほとん)どの使徒が健在であった頃が、昨日のように思い起こされるよ」

「……まあ、そんな昔の話でもないからね。この乳馬鹿女と仲良くなるなんて、未来永劫(えいごう)あり得ないし」

「そればっかりは同意しちゃうわぁ。ああ、でもざーんねーん。変わらない関係もあればぁ、変わっちゃう関係だってもちろんあるのよねぇ。私には素敵な殿方ができちゃったしぃ、アンジェちゃんだってそー。あら? もしかして、余ったのってバアルちゃんだけぇ~? やだぁ、かわいそ~」

「百万回死んでみる……!? それにアンタの場合、ただのストーカーじゃない!」

「ふぅ、これだから生娘は。ストーカーから始まる愛だってぇ、世の中には腐るほどあるのよぉ?」

「やっぱ殺す」

「2人ともっ!?」

ビキビキと青筋を浮かばせるほどベルを怒らせる、エストリアの嘲笑。しかしながら、ダハクが聞けば泣いて喜ぶ話でもあった。

「こんなところにまで足を運んで、喧嘩をしに来ただけかい？　私としては、このまま戦わずに済んでくれれば僥倖ではあるのだが……違うのだろう？」

「……当然よ。たとえクロメルとかいう天使が約束通り私の故郷を残そうとも、それ以外の世界が滅ぶ事なんて望んでなんかいないもの。何よりも、セラ姉様が悲しむのは頂けないわ。あ、吸血鬼の城がなくなるのは大歓迎よ」

「また珍しく、最後の言葉以外は意見が合ったわねぇ。私もそんなナンセンスな事は望んでないしぃ、ジェラールのおじさまとの新婚旅行が控えているからには、運命の人と出会った後についても欲張っちゃうわよねぇ？　その行先がバアルちゃんの故郷だけってぇ、絶望以外の何物でもないじゃなぁい？」

真面目な話をするこの間も、ドシゲシと肘打ち膝蹴りの応酬をするベルとエストリア。ノリとしては嫌がらせの範疇だが、とても力加減をしているようには見えない。

「もう、この2人は……でも、主張としては私も同じ考えです。ギルド長、貴方の願いだってそうなんじゃないですか？　今からでも、私達と一緒にクロメルを倒す事はできないんですか？　その……ミストさんも、ギルド長の帰りを待っていると思いますよ？」

「……」

片眼鏡を軽く上げ、リオルドは大きく溜息をついた。

「私が何と答えるのか分かった上で、敢えてそれを聞いているのであれば、アンジェ君は相当に狸だね。いやはや、流石は私の自慢の弟子だ」

「あ、やっぱりミストさんとは何かあったんですか？　鎌をかけただけだったんですけどね～」

心配するような素振りから一転して、舌を出しながらダガーナイフを持ち替えるアンジェ。

「私は私の願いの為に動いている。今更、そんな甘言に惑わされる訳がないだろう？」

「これでも自慢の弟子なんです。分かってますよ。昔、ケルヴィン君を虐めていた、ちょっとしたお返しみたいなものです」

「まったく、恐ろしい弟子を持ったものだよ」

「「……」」

そんな2人のやり取りを黙って見届ける悪魔と吸血鬼。喧嘩はするが空気は読めるようで、この時ばかりは肘打ちも膝蹴りもしていなかった。

「ヒソヒソ……（ちょっとー、あの2人一体何の話をしてるのよぉ？　ミストって誰よ!?）」

「ヒソヒソ……（私が知る訳ないでしょうが。大方、解析者の恋人か何かじゃないの？）」

「ヒソッ!?　ヒソヒソヒソッ!?（ハァ!?　どこの泥棒猫よっ!?）」

「ヒソヒソ……（アンタ、気と未練があり過ぎでしょ……）」

　密談終了。各々、個人的なボルテージが上昇したところで、戦いは本格的なものへと移行する。

「再三の忠告だけどぉ、こんな不利な状況で私達に勝てる気ぃ？　如何に第5柱とはいえ、元第6柱から第8柱を一気に相手するのは無謀だと思うわよぉ？」

「確かに私はそれほど戦闘力が優れているとは言えない。純粋な戦闘力だけで比較すれば、セルジュ君に大きく劣っている事は明白だろう。だがそれでも、私は勝てない戦いの場には現れない主義でね。外で遊んでいるトリスタンよりは、勝算が大いにあると考えているよ。君らが相手なら、ね」

「へぇ……」

「ふぅん……」

「なら、試してみましょうか？」

　最初にアンジェとリオルドが対峙した時の何倍もの空気の軋みが、まるで耳に聞こえてくるようにビリビリギリギリと、空間全体に広がり渡る。

　最初に動いたのはリオルドだった。瞬きの後に右眼に生じた変化は、第一に瞳の変色だった。元々の瞳の色であった薄墨が、怒り狂った悪魔の如く緋色に染まる。第二にもたらしたのは、その緋色の視界に入った環境の変化だ。彼の視界の色と同調するように、目に入る全てに炎が生じ、悉くを発火させる。次の瞬間には3人の立っていた床にまで、炎の波は押し寄せていた。

「ほんっと、便利な目ねっ！」

3人は三者三様の行動にて対応する。アンジェは自身の透過能力で炎を抜け出して前へ、ベルは蒼き風の壁、蒼風堅護壁を生成する事でこれを防いでいた。最後のエストリアは体を何匹もの蝙蝠に変化させて回避、ではなく――

「――せえいっ！」

自身が炎に包まれるのを覚悟の上で、血槍をリオルドへと全力で投げ飛ばす。リオルドの炎で溶け始めているのか、血槍は血飛沫に似た紅い液体を放出させながら、一直線にリオルドへと向かっていく。リオルドに近づけば近づくほど、炎はより強力に、より高温となって血槍を迎撃するのだが、それでも放たれた血槍が朽ちる事はなかった。

「ほうらぁ！　私が体と胸を張っているんだからぁ、少しは活かしなさいよぉ！」

「うっさいわね、胸は余計でしょ、胸はっ！」

（うう、真面目なのに微妙に耳が痛い。いや、胸が痛い……!?）

胸に秘めるものは兎も角として、使徒の中でも随一のスピードを誇るアンジェとベルであれば、エストリアが放った血槍に追い付くのは造作もない事である。2人は一面に拡がった炎の海を躱し、槍を追い抜き、左右に分かれてリオルドの死角へと迫った。

◇　◇　◇

「魔人蒼闘諍（スクリミッジディビリティト）！」

　ベルの蒼き魔力が脚甲に集中し、その隙間へと入り込んでいく。膨れ上がる膨大な魔力に脚甲は変形し、華麗なるベルの姿が悪魔として正しき形へと変貌を遂げた。偽装の髪留めで隠していた角や翼、尾に魔力の鎧（よろい）を纏（まと）い、鋭利かつ凶悪な脚部が莫大（ばくだい）な暴風を撒（ま）き散らしている。断罪すべきはかつての仲間。だがそれでも、今の彼女に迷いはない。

「首、捕捉っ！」

　片猫耳の黒フードを被（かぶ）ったアンジェは本職である暗殺者のスイッチを入れて、すっかりと理性のリミッターを外していた。今の彼女が狙うはリオルドの首だけであり、それを手にする為ならば地の果てまでも追うであろう、執拗（しつよう）な影の使いと化している。黒衣や袖の下では隠し持った暗器の数々が、好みの首を欲してよだれを垂らしている事だろう。

「やれやれ、騒がしいものだ。そら、ベル君。彼女からの贈り物らしいぞ」

　炎に焼かれながらもエストリアが放った血槍は、確かにリオルドの心臓部へと一直線に向かっていた。しかし、リオルドが血槍を一睨（ひとにら）みする事で状況が一変する。強き眼差（まなざ）しに呼応するが如く、リオルドの真正面に空間の歪みが出現したのだ。空間の歪みは次にリオルドが凝視した、ベルの近くにも出現。正面の歪みが血槍を飲み込み、背後に回り込んでいたベルの眼前にそれを吐き出した。

「――っ！」

エストリアの剛腕によって放たれた血槍の威力は、槍自体が溶けながらも相当なものだ。血槍の特性なのか、ベルの目にはこの槍全体が脈を打っているように見えた。不意打ちの際とは明らかに違う様子だ。仲間ならば事前に手の内を共有しておけという話なのだが、ベルとエストリアが犬猿の仲なのは周知の事実。そんな事は不可能である。

「ふっ！」

特性不明、見た目的にも受けるべきではないと判断したベルは、蒼き風の斬撃、蒼色喰斬にてこれを迎撃。色を薄めつつこの空間の彼方へと、その血槍を吹き飛ばした。

「ああっ！　ちょっと、何やってんのよぉ！」

「迂闊にポイポイ投げるのが悪いんでしょ」

「捨身だったのよぉ！　す・て・みぃ！」

「アンタは再生速度も自慢だったでしょうが」

協調性ゼロ。そうレッテルを貼られても仕方がないであろう口論は、戦闘の最中においても止まる兆しを見せない。

「やれやれ、思っていた以上に戦いやすそうだな」

「そうですか？」

――ジャラリ。

リオルドが左足に違和感と、鎖がすれる音を感じ取る。視線を落とすと、違和感のあった場所には先端に分銅が取り付けられた黒塗りの鎖が巻き付いていた。

「ほう……！　確かにそれならば、巻き付く寸前まで透過も可能か。確か、トラージに存在する特殊武器だったかな？」

「流石はギルド長、お詳しいですね。足首、頂きますっ！」

アンジェが扱ったものは鎖鎌、ケルヴィンに勧められて新たに使うようになった暗器である。通常、アンジェが『遮断不可』の状態でナイフやクナイを投擲したとしても、それらはアンジェの手から離れた瞬間に効果の対象外となる。序盤、アンジェの放った攻撃の全てが、リオルドにキャッチされたのはこの為だ。

だが、この鎖鎌であれば分銅を投擲して鎖が敵に向かったとしても、鎌はアンジェの手の中にある。その為、アンジェの任意のタイミングで透過のオンオフが可能。光さえも透過してしまえば、リオルドの瞳に映る事もないのだ。

「足首とは、また守備範囲が広くなったものだね」

「いえいえ、メインはあくまでその首ですよ？　ですけど、そこはギルド長の目に近いので、ギリギリのタイミングでも躱されちゃうかなと思いまして。私、スイッチを入れた後でも妥協する事を覚えたんです！」

「そ、そうかい。良い着眼点だと思うよ。それに立ち位置も悪くない」

真上から見下ろすとアンジェ、ベル、エストリアの3人はリオルドを戦場の中心に据え、その外枠で三角を描く形で位置取りを行っていた。リオルドを相手にする際の最大の脅威は、言うまでもなく彼の『神眼』。この陣形を組む事で、最低でも1人は視界に入らないようになる。口喧嘩仲違いはしていても、最低限やるべき事はやっていたようだ。

「あら、まだまだ余裕なのね。言っとくけど、その鎖はケルヴィンの特注品よ。そう簡単には切れないわ」

「ふふっ、ベル君は随分とケルヴィン君を信頼するようになったんだね。姉への愛着心が、そちらにも転じたのかな？」

「……今日だけでストレスが爆発しそう」

「おじさまぁ、そんな貧相な娘より、私の相手をしなさいなぁ！」

「あはっ！　あんまり他の2人にかまけていると、私が首を貰っちゃうけどねっ！」

解き放たれる死のトライアングル、その角より出でるは3人の連続攻撃だった。体と片腕を使って鎖を固定し、空いた片手で様々な暗器を投擲するアンジェ。脚甲より吹かせた風で刃を作り、多彩な脚技と共に放ち出すベル。エストリアはどこからともなく再び血槍を取り出し、ベルの警告を無視するように力一杯に投げ飛ばしていた。

（なるほどね。いずれかの攻撃が防がれようとも、どれか1つでも当たれば良いという物量作戦。私の手の内をよく知る、アンジェ君の差し金かな？）

　ギリギリと絞め付けられる左足に力を込めながら、リオルドが長剣を床に突き刺す。そして迫る嵐のような攻撃に対し、両手を広げてみせた。

「――だが、これを見るのは初めてだろう？」

「げっ……！」

「はっ!?」

　手の平を向けられたアンジェとエストリアが、驚きの声を漏らす。そこに、ギョロリとした目が見開かれていたのだ。手の平に目があるなんて、例外的な種族でもない限りは悪魔や吸血鬼でさえもあり得ない。ましてや、人間にはある筈（はず）がないものだ。

「神眼は全ての魔眼の類を使用可能とする。ならば、このような使い方があったとしても、何ら不思議ではないだろう？　私は魔眼と魔眼を掛け合わせ、複合魔眼を扱う事ができるのだから」

　リオルドが言葉を綴（つづ）るその最中にも、3人の攻撃は魔眼に吸い込まれて無効化されている。空間を操作する何らかの能力であると、3人は瞬時に理解した。しかしいくら理解しようとも、今からそれらを止める事は叶（かな）わない。

「アンジェ君では透過されてしまうし、エストリア君は不死に近い再生能力を有していたね。やはり、これらは君に贈る事としよう。ベル君、受け取りたまえ」

恐らくは、手の平に顕現した魔眼と同様のものだろう。リオルドの額（ひたい）に第5の目が開眼し、ギロリとベルを睨み付ける。最初に睨み付けられたお返しという訳ではないだろうが、その目は吸収した全ての攻撃を吐き出した。向かう先はもちろんベルだ。

「蒼風反護壁（ディセクトカウンター）！」

合算された攻撃が、ベルが生み出した障壁と衝突する。障壁がゴムまりの如く加わる威力を受け流すと、付加された力は方向を斜めに変えて退けられ、この空間に設置されていた巨大な機械の方へと飛んで行き、激突。機械全てが破壊されるまでには至らなかったが、被害は甚大だ。

「おっと、あまり壊さないでほしいものだね。いくらクロメルの魔力の支配下にあるとはいえ、それらは船の心臓部だ。直すのも一苦労なのだよ」

「ッチ！　私よりも悪魔らしい風貌になったじゃない」

「う、うーん、流石（さすが）に守備範囲外、かしらぁ？」

「……ギルド長、その姿は？」

いつの間にやら炎の魔眼を使ったのか、リオルドの衣服の上半分が燃え尽き、彼の上半身が露（あら）わとなっていた。

「これより、私の全てを以ってお相手しよう。だから君達が持つ全ての力を、技を、能力を遠慮なく使ってほしい。尤も、悉くが解析される事となるがね」

　手の平、額の魔眼どころの話ではない。露呈された彼の体には無数の目が見開かれており、その全てが異なる雰囲気を醸し出していた。

　それからの戦いは苛烈を極めた。戦艦エルピスの心臓部である大型機材が立ち並んだ空間は、その殆どが原型を留めていない状態に。床や壁には血糊がべったりと張り付き、大型の化け物が引き裂いたように巨大な傷痕が残され、今も出鱈目なエネルギー同士が衝突して鎬を削っている。
　が、それもいよいよ終わりのようだ。鳴り響いていた剣戟や爆発音が止まり、広大なこの空間から聞こえてくるのは、切羽詰まるような息遣いだけとなっていた。
「……悲しいな。かつての同胞と命を懸けて戦うのは、実に悲しい。ましてや、その命を自らの手で終わらせるとなれば、尚更に悲しい。君達もそう思うだろう？」
　機材から炎が燃え盛り、そこかしこで粉塵が舞い上がるこの場所にて、無事な状態で立っていたのはリオルドのみであった。

無骨な長剣をブンと振るった手の甲には魔眼があり、そこから肩に上っていくまでにも異様なる瞳が無数に存在している。それらは死角を潰すように周囲を注視し、その瞳に敵対する彼女らの姿を映し出していた。ある者は血塗(ちまみ)れで床に膝を突き、またある者は得物を地面に突き刺す事で何とか立ち上がり、中には片腕を失っている者までいる。

「ハァ、ハァ……うーん、これはいよいよ不味(まず)いかなぁ？　うん、不味いよねぇ……」

「ッチ！　泣き言は死んだ後にしなさいよ、アンジェ。言っとくけど、私はまだ死ぬつもりじゃないからね……！」

「それにしたってぇ、これは辛(つら)いものがあるわよぉ。ねぇ、おじさま？　本当は使徒の中で貴方(あなた)が最強～、なんてオチじゃあ、ないわよねぇ？」

突き立てていた血槍を構え直し、矛先をリオルドに向けながらエストリアが問い質(ただ)す。それを見て負けじと思ったんだろう。膝に両手を当てながらベルが立ち上がり、壁に背を預けながら片腕を失ったアンジェも何とか這(は)い上がった。

人数の差もあって、押していたと思われた序盤の戦況。だがしかし、リオルドがこの姿になってからは、その戦況が逆転してしまったと言わざるを得ない。

彼の体から瞼(まぶた)を開けた無数の瞳は、全てが異なる能力を、或(ある)いは同種の能力を使う場合もあり、その際はより強力な効果を発揮させてアンジェ達を苦しめた。その光景は2種の魔眼を同時に扱う複合魔眼どころの話ではなく、最早(もはや)魔眼という言葉で何もかもを片付けてしまう反則的且つ圧倒的な力と化し、彼女らの知るリオルドとは全くの別物だった。

遠ざかれば火炎や光線が飛び交い攻撃する隙はなく、接近戦を挑もうとも『予知眼』、『読心眼』、『眼力眼』などといった合わせ技で封殺され、ベルが苦渋の策で用いたケルヴィンお得意の風神脚（ソニックアクセラレート）も、補助効果を全てキャンセルする『破魔眼』によって取り除かれてしまう。背中など体中に目がある為（ため）に死角はなく、物陰に隠れようとも透視される始末。運良く魔眼の1つを潰せた事もあったのだが、それも傷が癒えてしまえば復活してしまった。

自分達がやれる事、戦いの最中に思い付いた事は全て試した。眼球の弱点であろう、閃（せん）光（こう）弾や粉塵による目潰しだってそうだ。その上で、その全てが通じない。世界最強クラスの3人が集おうとも、対リオルドへの突破口は全く見える兆しがないのだ。

「何度も言っているが、私の力なんて大したものではないよ。後に控えるサキエル――いや、失礼。選定者である舞桜（まお）君や、その彼を従えるクロメルの方が遥（はる）かに化け物と呼ぶに相応（ふさわ）しい。セルジュ君は、まあ、そうだな……この姿でやり合えば、もしかすれば互角に戦えたかもしれないね」

リオルドの体中にある瞳が見開かれると、3人は木の葉のように吹き飛ばされ、鋼鉄の壁へと叩（たた）き付けられた。壁との衝突の後にも謎の圧力は続き、ビキビキとアンジェ達の体に負荷が掛かっていく。

「ぐ、う……」

「しかし、そんな彼女はどうやらこの場所には来なかったようだ。ケルヴィン君もそうなのかな？　君達を信頼しての人選だったんだろうが、少々目算が甘かったようだね。残念な事だ」

「なっ、めんなぁ……！　蒼削、突風……！」

　ベルの脚甲から蒼き突風が吹き荒れ、空間一帯に広がっていく。この風自体に攻撃性はないようで、リオルドが触れようとも負傷する様子はない。しかしながら、その拡散力はずば抜けていた。蒼き風が辺りに満ち始めると、3人を壁に追いやっていた圧力が急激に薄れ始め、この部屋に完全に満たされると同時に、リオルドの攻撃が無効化されるに至ったのだ。

「ほう、ベル君の能力でこの魔眼の効力を薄められてしまったか。これは困ったな。何か別の魔眼を選別しなければ」

「この、クッソ……！」

　ベルの『色調侵犯』で1つの魔眼を完全に封じたところで、リオルドは無限に等しい数の魔眼を有している。こんなものは一時凌ぎに過ぎないと、そんな事はベル自身が一番分かっていた。

「……ふぅ、やっぱり駄目そうねぇ。2人ともぉ、もう諦めない？　如何に不死に近いからってぇ、こんな調子じゃ私だっていつか死ぬのよぉ？」

「エストリア、アンタ諦めるつもりっ!?」

「も～、そんなに頭に血を上らせないでぇ、少しは冷静になりなさいよぉ」

額から夥しい量の血を流しながらも、ベルが再び立ち上がる。

「全く、こんな時にまで喧嘩かい？　少しはアンジェ君を見習ったらどうだ？　彼女は今も勝つ為の方策を考えているようだよ？」

「あらあらぁ、おじさまにまで勘違いされるなんてぇ、私ったら罪な女ねぇ」

「「?」」

リオルドとベルが頭に疑問符を浮かべる。リオルドは読心眼という、対象の心を読み取る魔眼を有しているのだが、3人は魅了系能力の対策として女神の指輪を装備していた為、『こうしたい！』という曖昧な意思でしか読み解く事ができないでいた。今のエストリアに使ったとしても、『戦いを諦めていない』程度にしか分からない。

「私はおじさまに勝つ事、全然諦めてないわよぉ？　諦めるのはぁ、今のスタイルのままで勝利する事ぉ。ここからは、私らしく行かせてもらうわぁ」

「大した自信じゃないか、エストリア君。確かに今まで、君は得意とする白魔法は使っていなかったようだが、その事を言っているのかい？　そうだったとしても、もう君にはギフトの力はないし、死者を蘇らせるなんて大それた事もできない。一体何をしようと言うんだ、ね……？」

　リオルドが元々あった両目を細め、エストリアを凝視した。戦いの途中途中でも、彼女はどこからか血槍を補充してはそれを扱い、取り換え取り換え使っていた。この事から、血槍は吸血鬼である彼女の血から生成している、もしくは保管能力を持つ何かから取り出していると推測していた。

　そして、今になってエストリアが取り出した得物は――戦士が好んで使うであろう大剣、バスタードソード。それも一気に2本を取り出して、左右それぞれの手で持ったのだ。

「槍を使う君の姿も新鮮なものだったが、バスタードソードの2本持ちは更に目新しい気分にさせられる。だが、それがどうした？」

「――あらあら、まあまあ。随分な言葉を投げ掛けるものね、リオルド？」

「っ!?」

　巨大な得物を持つ彼女の姿と口調は、もう既にエストリアのものではない。彼女はミスト、現在のパーズギルド支部のギルド長であり、リオルドがかつてパーティを組んでいた冒険者仲間の姿であった。

◇　◇　◇

これまで幾度となく目を見開いてみせたリオルドであったが、驚愕、という意味で見開いたのは、この時が初めての事だった。両目だけでなく、体中の目がミストの方へと向いて硬直している。そして、勝利の算段を誰よりも立てていたアンジェが、この瞬間を逃す筈がなかった。

負傷した身であれど、今のアンジェが出せる最速へと一気に速度を上げる。そんなアンジェと相談もなしに合わせられたのは、長年の付き合いのあるベルだからこそ。彼女はアンジェの意図を逸早く察し、最大限に支援する為に魔法を詠唱する。

「風神脚！」

リオルドの魔眼によって解除され続けた補助魔法は、この瞬間に花開きアンジェの支えとなった。これまで確認しただけでも、リオルドの魔眼の数は37にも及んでいる。如何にアンジェといえども、それらの魔眼を全て潰すのは至難の業だ。だが、握り締めた凶剣カーネイジは羽毛のように軽く、今ならば親友の助けも借りられる。腕が片方ない？　だから何だ！　この瞬間に全てを捧げると覚悟したアンジェは、この時確かに世界最速となっていた。

「――――っ!?」

気合いからの叫びとか、そんなものは何もなかった。ただ淡々と、無言のままに処理を行う。37の魔眼をほぼ同時に得物で突き刺し、深く抉り、猛毒を送り込む。不意打ちと判定された事で、アンジェの『凶手の一撃』が発動。寝首を掻いたその全ての攻撃が会心の一撃となって、それまでほぼ無傷であったリオルドに大打撃を与えるのであった。潰されたのは両目も例外ではなく、片眼鏡の割れる音が一層際立つ。

「風切りの蒼剣！」

「封刻印の神札！」

ベルが高らかに上げた片脚に、空気を響かせ唸りを上げる蒼き風の剣が携えられる。バスタードソードを持って駆け出したミストも、どこから取り出したのか札のようなものを放ち、それらをここにいる全ての者に貼り付かせた。いつもであれば迂闊に札を寄せ付けないであろうアンジェとベルも、今ばかりはそこまで気を配る余力がない。ただ札が2人に貼り付いた瞬間、それが自身に大きな力を与えてくれるのを感じていた。

(体が、重いっ……!?)

札を付けられたのは、目を失ったリオルドも同様だ。但し、その効力はアンジェやベルが受けているものとは真逆だったようで、体が鉛のように重くなる。失った視力と行動力の低下は、リオルドに更なる隙をもたらした。

「ハァッ！」

リオルドの左肩から心臓に迫るようにして振り落とされた、ベルの風切りの蒼剣。攻撃を拒もうとするリオルドの肉体を断ち切り、深く、より深くへ進もうとしている。切り裂く毎に怒濤の疾風が辺りに舞い、同時にベルの脚にもダメージを与える諸刃の剣は、それでも尚引く様子を見せなかった。

「どうやら少しだけ、リオには非情さが足りなかったようね。ケルヴィンさんなら一目で見抜いて、私の首を刈り取っていたところよ？」

ベルの風に吹き飛ばされぬよう、ミストは片方のバスタードソードでリオルドの腹部を突き刺し、もう片方で右腕を狙った。バスタードソードを叩き付け、バキバキと右腕をあらぬ方向へと曲げ、ぐりぐりと腹部に捻じ込ませる。

「前菜、頂きますっ！」

一仕事した後の一杯を飲み干すように、アンジェが漸く言葉を発した。リオルドの足元にいた彼女は早業で足の腱を切り裂き、念願の首の二つを頂く。それによりバランスを崩したリオルドは――

「ああ、その調子だ！　勝利は目前だぞっ！」

――笑っていた。ある筈の痛みを表情に一切出さず、らしくもなく大声で猛っていた。

「だが、こんなものではまだやれないなぁ！」

傷だらけの体から顕現する、新たなる魔眼。傷の隙間を縫う様にして現れた為か、その数は3つと少ない。

「ぐっ!?」

「かはっ……！」

「あっ……！」

　だが3人との間合いは殆どゼロ距離に近く、『熱視眼』から放たれたレーザービームが全員に直撃。致命傷には至らなかったものの、貫通した攻撃によって再び距離を離されてしまう。

「さあ、これで振り出しかな!?　戦況は互角、勝負はここからだねぇ！」

「フッ、フハハハハハ！　いいや、ここまでだ、リオルドよっ！」

　ミストであったそれが正体を現し、姿形を変化させる。やがてミストは獣王レオンハルトとなり、彼はありのままに笑い出した。

　――バァン！

　同時にこの空間の天井部が破壊されて、そこより新たな気配が出現。3人を熱視眼で捕捉したまま、リオルドは潰れた目で上を向き、その存在を確認しようとした。

「ううっ、自分の黒歴史がここまで酷いなんて、顔から火が出てしまいそうですぅ……！」

　そこにいたのは、白き杖『極楽天』を掲げた本物のエストリアだった。シスターの服装を纏って顔を真っ赤にしていて、とても恥ずかしそうな様子だ。まるで羞恥心を魔力に変えているかのようだが、極楽天が力に変えるのはもっと別のものである。彼女の杖には呆れるほどの魔力が集束していて、今にも暴発してしまいそうになっていた。

「で、ですが、これもジェラールさんの為！　私、殺りますっ！」

「ハハッ！　なるほど、こっちが本物のエストリア君かっ！　良いね、ひとつ勝負といこうか！」

　互いの殺気の交差、次いで攻撃が放たれた。

「セ、救済の罰光～～～！」

「うおおおおっ！」

　降り注ぐ光の雨に対し、潰された額の横から新たな魔眼を顕現させるリオルド。そこより撃つは、熱視眼による極大のレーザービームだった。エストリアが放つ攻撃は心臓部の機材に止めを刺す、辺り一面に撃ち続けられる広範囲型の無差別攻撃。リオルドは自身に被害が及ぶであろう攻撃を阻止していたが、とてもではないが額の魔眼だけで処理し切れる量ではなかった。遂には先に出していた3つの魔眼までもを運用して、エストリアに対抗する。

「愛はっ、愛は勝つんですぅ～～～！」

「ならば、力を示してみせろっ！」

　光と光が衝突し、拮抗。威力と数がほぼ同じである攻撃の応酬がこのまま永遠に続くようにも思えたが、実のところはそうではない。リオルドの体からは新たな魔眼が顕現し始めており、新たな熱視眼、もしくは他の能力を有した魔眼が誕生するところだったのだ。
このままではエストリアは押し負ける。そんな光景が実現する間際に、リオルドの首に何かが刺さった。

「ハァ、ハァ……　ギルド長の、首っ、つまみ食い程度に頂きますね……！」

「アンジェ、君……！」

リオルドの首に刺さったのは、倒れたアンジェが最後の力を振り絞って投擲したナイフだった。その柄の部分にあったのは起爆符。リオルドがこのナイフを目にした時、起爆符は爆発する寸前だった。

――ボン！

それは今までの戦闘中に起きた爆発の中では規模が小さく、威力にしてみれば些細なものでしかない。だが、無防備なリオルドの首半分を吹き飛ばすには十分な威力だった。

「あああっ！　吹っき飛べぇ～～～！」

リオルドの迎撃の手が弱まった瞬間、それを感じ取ったエストリアが最後の仕上げに取り掛かる。極楽天に己の淫らな想いを紡ぎ、莫大な魔力に変えて畳み掛けたのだ。光の雨は本日最大級のスコールとなって降り注ぎ、アンジェら仲間の存在をも忘れて全てを破壊した。

◇　◇　◇

冒険者ギルドパーズ支部、前ギルド長のリオが神の使徒となったのは、今から30年以上前の事だ。今にしてみれば、なぜ使徒なんてものになったのか、リオの記憶には曖昧にしか残っていない。

年齢にして二十歳を過ぎ、冒険者稼業で優秀な成績を収めていたリオのパーティは、東大陸にてそれなりに有名になり始めていた。この若さでC級冒険者へと昇格し、それ以降も危なげなく依頼をこなす様は、周囲から着実に信頼を築くに値する働き振りだと言えるものだったのだ。

パーティの面々は出身、年齢がバラバラで一見まとまりがないように思えるものだったが、その実、互いを信頼し合える理想の冒険者仲間だと、彼らを知る者であればそう口を揃える、それほどの絆で結ばれていた。歴戦の傭兵上がりで経験豊富な壮年のリーダーを始めとして、どこか抜けているがいつも周囲を沸かせるムードメーカーは、魔法使いの癖に女たらしでもある。パーティの紅一点を飾る弓使いは温和な美人と人気があり、計算高く冷徹な眼鏡の剣士は不愛想だが、実は子供好きで心優しいと周囲に見透かされていた。

皆が皆カラーは違えど、それだけ親しまれる持ち味がそれぞれにあったのだ。

「さ、この仕事が終わったら、次はどこに行くとするかな？」

「俺達にこれと決まった拠点はない。俺達というパーティは自由気ままに、気紛れな風のように向かうだけだろ?」

「そう言って数日前にダンジョンの中で迷子になったのは、どこの誰でしたっけ? あの後、貴方を探し出すのに苦労したんですから、いい加減に反省してくださいよ」

「あらあら、まあまあ。リオったら厳しいんだから」

「ミストが甘いだけですよ。だから彼はだらしないままなんです!」

「リ、リオ、そこまで俺の事を心配してくれて……! でも悪いな、俺はそっちの気はないんだ。普通にミストちゃんに心配された方が嬉しい」

「ちょ、違っ……! 貴方って人はぁ!」

「あはははは! リオってば、顔が真っ赤よ」

彼らはいつも賑やかだった。お互い嫌味を言う事だってあるものの、それは愛情の裏返し——と表現すれば当時のリオは強く否定しただろうが、まあ実際似たようなものだった。

「はいは~い。私、パーズに行ってみたいわ」

「パーズって、静謐街パーズの事か? 確かに行った事はまだないが、あそこはモンスターのレベルが低いし、ギルドで取り扱う依頼も簡単なものが多いと聞くぞ」

「んー、若干の今更感は拭えないね。C級以上の依頼がなかったら、無駄足になっちゃうかもよ?」

「たまにはそんな旅があっても良いじゃない。それに、パーズには一度行ってみたいと思っていたの。4大国がもう過ちは犯さないと結束して、平和の象徴として造られた場所！　何か素敵じゃない？」

「おー、ミストちゃんは良い事を言うねぇ。ま、うちのパーティにはそんな言葉が似合わない面子が、約2名ほどおりますが。リーダーは強面、リオはしかめっ面だ」

「ったく、余計なお世話だよ」

「ええ、その通りです。それに、年中頭が桃色な貴方よりはマシってもんですよ」

「も～、また喧嘩して……」

　それから依頼をこなした後、彼らはパーズへと向かい無事に辿り着いた。というよりも、無事に辿り着かなければおかしいと思うほど、噂通りパーズの土地は平和そのものだった。出現するモンスターは貧弱で、C級以上の依頼が発行されるのは非常に稀。仕事面だけで見るのなら、C級冒険者になってからもバリバリと依頼を片付けていた彼らにとっては、少々歯ごたえがなさ過ぎたのかもしれない。

「正直なところ、このままパーズに留まるのは無駄と言えますね。昇格に必要な依頼をクリアできませんし、早々に他国に移る事をお勧めします」

「まあまあ、リオってば本当にせっかちさんなんだから。引き締める時は引き締める、気を緩める時は緩めて堪能しないと、人生損よ？」

「ふっ、ミストちゃんに言われてやんの。リオ、お前の眼鏡は節穴のようだな」

「どういう意味ですか……まあ、私だって頭では理解しているつもりですよ。ですが、更なる高みを目指すには、今以上の努力をですね！」

「皆、その辺にしておけ。どちらの言い分も尤もな話だってのは、まあ分かるな？　間をとって、もう数日はパーズで活動。その間に次の目的地を決めておく。それでどうだ？」

「異議なーし！」

「全く、調子が良いんですから……」

　リオが自分達の実力に見合わない依頼をしたくないのには、とある理由があった。リオ達のパーティは優秀だ。優秀であるが、C級以上の世界——B級やA級、最上級クラスであるS級に昇格する為には、まだまだ実力が不足しているとリオは認識している。この辺りの冒険者が壁にぶつかる一番の原因は、ステータスやスキルポイントの成長差だ。リオ達は秀才ではあるのだが、決して天才と謳われるほどの才能は有していない。だからこそ、他人よりも努力を重ねなければ。と、そういった思想に落ち着いた訳である。

「無理だと笑われたって良い。私が目指すのは、あくまでS級冒険者です。その事は忘れないでくださいよ？」

「うん、笑わないよ」

「だな」

「少なくとも、俺達はな」

　その翌日、冒険者ギルドにて受けたモンスター討伐依頼に向かい、リオ達のパーティは窮地に追い込まれる事となる。向かった先はパーズ領内にて最高の難度を誇る、Ｂ級ダンジョン【暗紫の森】。いくら難度が高くとも、パーズのダンジョンならば大丈夫だろうという、それまでの印象から生じた油断が、彼らを危機へと陥れたのだ。

　枯れ木に擬態したエルダートレントは森の木々と区別がつかず、集団でテリトリーを侵した者を襲うドクロ蜜蜂、周囲に胞子を撒き散らすブラッドマッシュは強力な毒を所持している。リオ達はその毒に侵され重傷を負いながらも、命辛々ダンジョンの入り口近くにまで帰還。もう一度でもモンスターの集団と出くわしてしまえば、誰が死んでもおかしくない状況だった。

「すまん、ゴーサインを出した俺の判断ミスだった」

「それは違いますよ、リーダー！　私が、私がこのダンジョンの討伐案を出したからっ……！」

「２人とも、今は口よりも足を動かす！　誰が死んでも許さないからねっ！」

「おっと、こいつは死ねない理由ができちまっ――」

　いつもの気障な台詞を吐こうとした魔法使いの言葉が、突如として途切れた。後衛職である彼は最後列を走っていた為、皆は何事かと後ろを振り返る。しかし、次に物音がしたのは進行方向であった入り口側の方で、背後に彼の姿はどこにも見当たらなかった。

「彼は？」

「あ、あれっ！　前に倒れてる！」

物音がした方、つまりはダンジョンの入り口に視線を戻せば、魔法使いが倒れていた。意識がないのか、それとももう息がないのか、動く気配はない。

「何であんなところに？　彼は後ろを走っていた筈では？」

「リオ、ミスト！　その原因が後ろにいやがる！　やべぇぞ……！」

「「えっ？」」

リーダーの声に再度後ろを振り向くと、そこには信じられないサイズの大木があった。不吉な呻き声を上げながら、地面に下ろした無数の根を動かしてこちらへと向かって来ている。

「グゲババゴバガッ」

「ボ、ボスモンスター!?　何でこんな入り口近くに!?」

「背後からこいつに吹き飛ばされたってオチだろうな。ったく、今日はツイてないぜ」

暗紫の森のボスモンスター、邪賢老樹。通常のモンスター達でさえ苦戦するこのパーティで挑むには、無謀と言わざるを得ない相手だ。仲間の中で最も頭の回転が速いリオは、瞬時に撤退という言葉を思い浮かべた。そして誰がどうすれば生き残れるか、その確率を計算する。

「……皆さん、私が殿を務めます。彼を担いで、先に行ってください！」

　リオが次に意識を取り戻したのは、辺り一面が真っ白な空間だった。白以外の不純物を一切認めないと断言するが如く何もなく、軽く眩暈を覚えてしまう異様な光景。だがそれでも、リオが第一に目を奪われてしまったのは、そこに立つ1人の女性の姿だった。白き衣を纏い、長い銀髪を有する異質な雰囲気を持つその者が、静かに口を開く。

「貴方に神の奇跡を、光を与えましょう。神を信じ、信仰を深めるのです」

「……申し訳ないのですが、私は無神論者です」

　それが後の同胞となる代行者、アイリス・デラミリウスを語るエレアリスとの初顔合わせであった。

「なるほど、そういった考え方もあるのですね。実に斬新で、私には思い至らない思想と言えるでしょう」

「いや、何も他人にまで押し付けるつもりも、そこまで否定するつもりもないのですが……そ、それよりも、ここはっ!?　私はもしや……その、死んでしまったのですか!?」

「神を信じないと公言しておきながら、この状況からその結論に至ったのですね？　臨機応変に柔軟な考えのできる、とても聡明な方なのですね。良き事です」

「それよりも――」

　リオが更に問い質そうとすると、代行者はそっと人差し指をリオの口に当てて、彼の言葉を遮る。初動も気配も感じられなかった彼女のその行動に、冒険者として研鑽を重ねてきたリオはかなりの衝撃を受けてしまう。それ以上声を発する事ができなかったのも、仕方のない事だといえるだろう。

「はい。貴方は暗紫の森にて邪賢老樹に敗れ、そのうら若き命を散らしてしまったのです。その時の記憶はありますか？」

「……」

　リオは心を落ち着かせ、あやふやな記憶を整理していく。最後にある記憶は、あの邪悪な大木から放たれた無数の枝が、自身へと降り注ぐ光景だった。

（違う、大事なのはそれよりも前の事だ。思い出せ、思い出せ……！　ミストは、皆はどうなった!?）

　額に拳を何度も打ち付け、記憶を弄るリオ。代行者はそんなリオを静かに見守るだけで、特にその行動を止めようとする様子はない。

「――っ！」

「どうやら、思い出されたようですね。貴方は仲間達の反対を押し切って、自ら囮となったのです」

「そう、そうでした。あの後にリーダーが倒れた仲間を担いで、最後まで叫んでいたミストを諭していて……ふぅ、リーダーには最後の最後まで迷惑を掛けてしまいました。ですが、良かった。本当に、良かった……！　皆、無事に逃げ延びたんですね？」

「ええ、その通りです。お仲間の1人は重傷でしたので、後遺症云々は以降の処置によるでしょうが、命に別状はありません。残りの御二人も無事ですよ」

「そう、ですか……」

　すっかり脱力してしまったのか、リオはその場に座り込んでしまった。身の丈に合わない提案をしてしまった後悔と、仲間達が無事であったという安堵、そういった感情が複雑に混ざり合っているような、そんな表情だ。

「ふふっ、やはり貴方は私が思っていた通りのお人柄のようです」

「ああ、そういえば……私がこれからどうなるのか、まだ聞いていませんでしたね。ここは天国……ではないと思いますが、死んだ私はどうなるのです？」

「そうですね、本題に入りましょうか」

　それから代行者は、平時のリオルドであれば絶対に信じないであろう言葉を投げ掛けた。世界の浄化と神の復活――恐らくは、他の候補者に語り掛けた内容と同様の内容だ。そしてその実態とは裏腹に、油断してしまえば信じてしまいそうな語り口調は、リオを酷く困惑させた。

「そ、そんな与太話を本気で信じろと言っているのですか？　いえ、それ以前に仮にその話が本当であったとしても、私が貴女に力添えする筈がない！　世界を壊すだなんて、本当に馬鹿げている！」

「それが普通の反応でしょう。ですが、私は本気です。報酬は貴方をこの世に生き返らせ、願いを1つだけ叶える事」

「その話自体が矛盾しているんですよ！　破滅を目指す世界で願いを叶えて、一体どうするのです!?」

「どうするかは、貴方の願い次第ですよ。付け加えますと、これは浄化であり破滅ではありません。世界を本来の、正しき道へと戻すだけです」

「そんなものは詭弁でしかないっ！」

　代行者とリオの話し合いは、どこまでも平行線であった。やがて代行者は、困ったように顎に手を当て始めた。

「困りましたね。このままでは理に従い、貴方の魂は死ぬ運命に戻ってしまいます」

「何を言おうが、私の結論は変わりませんよ……！」

「リオ、もう一度私の話に耳を傾けてください。仮に貴方がここで断ったとしても、次の適正者を見つけさえすれば、貴方の反抗の意味は無に帰してしまうのですよ？　ならば現段階での願いを保留にして、私の下で打開策を立てるのが、真に賢い者の行動というものではないのでしょうか？」

「……なぜ、私にそこまで拘るのです？　死者の魂を呼び出すなんて、その時点で貴女の力は普通ではない。不可能を成してしまう貴女ならば、私如きに拘る必要はない筈だ」

リオは自分の才能がどの程度のものか、十分に理解しているつもりだ。Ｓ級冒険者を目指す志に偽りはない。が、現時点での自分の能力を考えてみれば、彼女がそこまで執拗に勧誘する理由が分からなかった。

「いいえ、拘りますとも。貴方には大いなる可能性があります。それこそ、古の勇者であるセルジュ・フロアにも匹敵する、途轍もない可能性が」

「……」

熟考の末、リオは代行者に従う事にした。反抗の為の従属、それは誰から見ても明らかな事。しかしながら、代行者は実に満足そうだ。

「安心してください。今から数年以内に、なんて事にはなりませんから。浄化が起こるのはそれこそ数十年か、もしかすると百年も先の事です。ゆっくりと、貴方の願いを考えてくださいね、リオ？」

「……名前に関してなのですが、転生するに当たって変える事は可能ですか？」

「名前を？　ええ、もちろん可能です。貴方の現世での生き方にまで関与するつもりはありませんが、別人として転生したいのですか？　でしたら容姿も？」

「いえ、名前だけで結構ですし、これまでと同様に生きていくつもりですよ。変えた名前はどうにかして、リオとして通せるよう工面します」

「……ますます分かりませんね。名前を変えるというその行為に、何か意味があるのですか？」

「ありますよ。理由はどうであれ、私は貴女の悪事に加担するんです。戒めとして、名に悪役の意味を成す『ルド』を刻みます。新たな名はリオルド、そう変えてください」

「ふふっ、貴方の事をもっと気に入ってしまいそうです。良いでしょう、貴方をリオルドとして転生させ、再び現世へと戻しましょう」

　代行者が祈るように両指を組むと、リオの周りが微かに輝き出してきた。

「ああ、そうそう。より神の使徒として相応しい力を備える為に、貴方にはギフトを授けます。何が発現するかはまだ分かりませんが、何らかの固有スキルが与えられるようなものだと理解してください」

「……至れり尽くせり、ですね」

「ええ、貴方は大切な同胞なのです。当然でしょう？」

　代行者の聖母のような笑顔を最後に、段々と視界と意識が薄れていく。

「くっ……」

「まずは新たな体に慣れるよう努めてください。暫くした後、私の手の者が連絡を取りますので。そうですね、『先覚者』辺りに任せましょうか。聖鍵はその際にお渡し致します」

夢から覚める瞬間。生と死の境界から、魂の立ち位置が反転する。

「選定者が最も推していたリオの……いえ、リオルドの力。楽しみにしていますよ」

◇　◇　◇

リオルドとなった彼が次に目を覚ましたのは、前世の自分が死んでしまった暗紫の森の近くだった。凶悪なモンスターが集うこの場所であるが、どうやらリオルドが襲われる事はなかったらしい。さっきの出来事が夢か否かと頭の中で考えながら、ゆっくりと体を起こす。

「おっと、漸くお目覚めかい？　長いお昼寝可愛い寝顔だったね。急いで来た甲斐があったってものだ」

「!?」

不意に掛けられた声に反応して、リオルドはバッと身を翻す。

（っ！　これは……）

　この時、リオルドは相当驚いていた。誰知らぬ声に対してもそうだが、何よりも自身の身体能力の高さにはド肝を抜かれてしまったのだ。まだステータスの確認を済ませていないが、ちょっと体を動かしただけでその片鱗（へんりん）を察する事ができる、段違いの力。それはリオルドが目指し、焦がれていたものに違いない。

「どうだい？　全然体の勝手が違うだろ？　初期レベルでそれだから、これから鍛え直せばもっと凄（すご）い事になるよ」

「ええ、とても驚かされました。……ところで、貴女は？」

　このやりとりで何となく彼女の立ち位置を察したリオルドであったが、一応の確認をしない訳にはいかない。改めて視線を向けると、そこには青髪の女性が大岩に腰掛けていた。容姿は二十代後半、服装は冒険者のそれ、付け加えるなら美人である。

「代行者から話は聞いてると思うけど、私の名は先覚者だ。そのまま先覚者と呼んでくれ。君がなろうとしている神の使徒の一員で、これでも結構な古株なんだよ？　ま、先輩みたいなものさ。短い付き合いだろうけど、よろしくしてくれると嬉（うれ）しいな。研修生君？」

「……その言い方、まるで私が落第する前提のようですけど？」

「ああ、そう聞こえてしまったか。すまないね、それは思い違いというものだ。何せ、君が使徒として真に認められたら、私は使徒を引退する事になっているんだ。君を立派に育て上げる事が私に課せられたラストミッション、つまりはそういう事さ」

「えっ、引退……？　悪の組織にも、退職とかあるんですか？」

「ぷふっ！　き、君ってば面白い喩え話をするんだね？　柄にもなく不意打ちを貰っちゃったよ」

先覚者は岩の上で腹を抱えて笑っている。そんなつもりは毛頭なく、真面目に質問したつもりだったリオルドは、思わず顔を赤くしてしまった。

「ふー、笑った笑った。ところでさ、君ってば眼鏡をしてるけど、目が悪いのかい？」

「ええ。幼い頃から本の虫でして、そのせいか裸眼だとぼんやりとしか――」

「――ねっ、その眼鏡取ってみなよ？」

「えっ？」

不意に目の前に現れ、眼鏡を取られるリオルド。驚きとかそんなやり取りの後に、リオルドはギフトとして発現した『神眼』の存在を知ったのであった。先輩兼指導役である先覚者の指示の下、次々と明らかになるリオルドの力は、万能に近いと言っても過言ではないものだった。

「す、凄い……！　この力があれば、何だってできそうですよ！」

「んー、なるほどねー。リオルド君、その力は確かに凄いんだけど、あんまり乱発しない方が良いかなー。というか、今後私が良いと言うまで使用禁止ね」

「は？　禁止ですか？　なぜです？」

「だって君、目の力に体が追い付いてないんだもん。ほい、鏡」

先覚者はどこから取り出したのか、何の前振りもなく高価そうな手鏡をリオルドの前に突き出す。自らの顔を向き合わされたリオルドは、何事かと目を丸くした。

「……えっと」

リオルドが言い淀む。鏡を見せられても、どう反応すれば良いのか分からないといった様子だ。

「分からない？　うーん、君ってば周りに気は配れるけど、自分の事はからっきしなタイプ？　目の力に頼るだけじゃなくて、もっと君自身の洞察力も養わないと駄目だよ」

「それは分からなくもないですが……結局、何なんですか？」

「顔のしわ、うっすらとだけど増えてる。君、確か二十代前半だったよね？　少しだけど、さっきより年老いた感じがするよ」

「……」

リオルドが茫然とする中、先覚者は勝手に話を進めていった。曰く、神眼の力を使えば使うほど、リオルドは寿命を消費して老いてしまう。曰く、以前と同じ交友関係、ライフスタイルを維持したいのであれば、急激な容姿の変動は怪しまれる。それは使徒としても望ましくない、と。

「そうなると、この力は全く意味のないものになってしまうのでは……？」

「今のままではね。君、頭良いらしいし、人間が進化する事は知ってるよね？」

「あ、はい。知識としてだけは。実際にそのような方とお会いした事は、残念ながらありませんが」

「いやいや、もう会ってるでしょ。それとも、そういう振りなのかな？」

「……貴女と、代行者ですか？」

「正解！　さっすが〜」

　誘導尋問に等しいやり取りの後、リオルドは人間の進化について詳しく教えられた。一般的なモンスターと比べ、人間が進化するのは殆ど（ほとん）ない事。が、仮に進化できたとすれば、寿命が飛躍的に伸びてエルフ並みになるのだという。リオルド自身も以前にそういった内容が記された本を読んでおり、これについては完全に信じてはいないものの、それほど疑うような事もしなかった。

「要は君を進化させる！　これが能力を使う大前提だ！」

「簡単に言いますけど、実際は簡単な事じゃないですよね？」

「それは当然だね。ある程度の苦労はしてもらわないと、使徒としての君の為にもならないもん。で、君が進化するまでの事なんだけど――」

「分かってます。冒険者だった時の仲間とは、それまではまだ会いませんよ。仮に直ぐ（す）に進化したとしても、少なくとも私の顔に見合った年月が過ぎるまでは会えません」

「へえ、良いのかい？」

「貴女(あなた)でも私の顔の変化に気付けたんです。何年も一緒に旅をしていたミスト達(たち)なら、一目で分かってしまうでしょう。それは使徒としての私の為にならない。そうですよね？」

「おー、良いね。情よりも優先すべきものがよく分かってる。君、やっぱり良い使徒になるよ。良い使徒じゃない私が、自信を持って保証してあげる」

「そんなもの保証されたって、全然嬉しくないですよ……」

「ところでさ、そのミストってのは君の彼女？」

「ぶふっ！」

これ以降、リオルドは先覚者と共に修行の日々を送る事となる。レベル1からの出直しの旅路、されど既にその身は過去の自分を超えており、どちらかと言えば人間を辞める為の鍛錬に近いものだった。そして月日は流れ、数年が経過する。

人間から聖人へと進化したリオルドは、自身のステータスを隠蔽する術(すべ)を得て、神眼の力を制御できるまでに成長していた。一応の師であった先覚者は、リオルドが独り立ちしたのを最後に使徒を引退。西大陸へと姿を消し、世界が浄化されるその日まで、余生を堪能すると笑っていたという。

使徒としての仕事をこなしながら、リオルドは各地を回ってかつての仲間達の所在を調べていた。普通であれば時間と手間を要するであろう人探しも、万能の目を持つリオルドにとっては容易（たやす）い事。数日のうちに全員の安否と居所を調査し終え、全員が生きていた事に一先（ひとま）ずは安心する。そして――

「――リオ？」

「や、やあ、元気だったうあっ!?」

肝心の再会、これをどうするか決めかねてウロウロと迷った挙句、仲間達に発見されて抱きつかれるという失態を犯してしまう。仲間達は今も共にパーティを組んで、行方の分からなくなっていたリオを捜していた。肉食のモンスターがいる訳でもないダンジョンの中に、リオの死体がなかった事を不審に思っての行動だったようだ。

「このっ、このっ！　心配掛けやがって！」

「俺は借りを作りたくないんだよっ！　よく生きてたな、この大馬鹿野郎っ！」

「うわぁん、良がっだよぉぉ……！」

「すみません、すみませんっ！」

再会を果たした4人は、再びパーティを組んで冒険者稼業に精を出すようになる。使徒となったリオルドは極力以前の実力を装い、仲間達がより高みに上れるよう陰ながら支援した。それが彼にとっての贖罪（しょくざい）だったのかは不明だが、神眼の副作用を使い寿命を減らしてまで、冒険者として共に活動したのだ。

それが功を奏したのか、元々はＢ級が限界であっただろう彼らの最終階級はＡ級にまで届き、冒険者名鑑にまでその名が刻まれるに至る。特にリオルドは西大陸に存在する冒険者ギルド本部から評価されていたようで、S級冒険者でもないのに、なぜか『解析者』の二つ名が授けられていた。使徒としての名と被ってしまったのは偶然か、それとも――

冒険者を引退後、4人は冒険者の良き模範として、各ギルド支部のギルド長として働くようになる。ミストはトラージ、リーダーはガウン、魔法使いはトライセン、リオルドはデラミスといった具合だ。それから更に年月が経過し、最終的にリオルドはパーズのギルド支部へ。冒険者を引退してかなり経つというのに、リオルドはギルドの仕事、使徒としての仕事、更には新人使徒の教育係まで命じられ、慌ただしく日々を過ごすのであった。

……が、リオルドは自らの使命を忘れていなかった。世界の浄化、それを阻止する手立てが、漸く見つかったのだ。

「――やあ、君が噂のケルヴィン君だね」

◇　◇　◇

――戦艦エルピス

意識が混濁する。遠い遠い昔の思い出が呼び起こされ、かと思えばつい最近になって見つけた一条の光明が、ふと脳裏を駆け巡った。解析者リオルドは潰れた瞼を静かに震わせながら、耳に入る声らしき音になけなしの意識を集中させる。

「馬っ鹿じゃないの!?　何で私達まで巻き込んで攻撃するのよ！」

「だ、だってぇ、そこまで考える余裕がなくってぇ……」

「大体ね、敵味方の区別くらい付けろってのよ！　最初の不意打ちの時も、私ごと貫こうとしてたでしょ！」

「そ、それは獣王様であって、私じゃないんですよぉ。しかも、黒歴史な私でしたしぃ……」

「いや、ワシの変装は外見だけでなく中身も真似るものだからな。ついつい貴殿の本音のままに演じてしまったが故の事故だ。まあ何だ、許せ」

「エストリアぁ――――！」

「ご、ごめんなさいぃ〜〜〜！」

　何やら愉快な会話が聞こえてくる。その空気がどこか懐かしくて、夢の中にあった冒険者時代を思い出してしまいそうだった。しかし、いつまでもこうやって盗み聞きをしている訳にもいかない。リオルドは自らの状態を確認する。四肢はなく、皮膚は焼け焦げ、両目をはじめとした神眼は全て潰されてしまっていた。

（……そうか。負けたんだね、私は）

　その結果は使徒としては失格だろうが、リオルドとしては至極安堵するものだった。自分が信じた道は間違っておらず、些細な妨害であろうと、大きく成長した芽は確かな進歩を遂げていたのだ。４大国やS級冒険者、果ては勇者や魔王、敵である筈の使徒出身者を巻き込んでの連合軍だなんて、少し前までは想像する事もできなかった。これまでに出会った者達との繋がり、ここに至るまでの絆がなければ成し遂げられない、大いなる偉業と呼べるだろう。

「ギルド長、目は覚めましたか？」

「本当に君は皮肉屋だね、アンジェ君。覚める目を誰が潰してくれたと思っているんだい？　全く、誰に似たのやら」

どうやら喉の調子だけは良いようで、会話をする程度ならば、全身が酷く痛む程度でそれ以上の支障はなかった。いや、違う。激痛を堪えてでも、自分を打ち倒した愛弟子と話したかった。

「それはもう、貴方の愛弟子ですからね。大方、意識を取り戻すまで弟子の成長に感動していた、ってところですか？　ふふっ、成長しましたもんね、私！」

「いや、どちらかというとケルヴィン君に感心していたところだよ」

「ガクッ！　そ、そうですか……まあ、ケルヴィン君が褒められたのなら、それはそれで良いのかな？」

「ところでアンジェ君、私の片眼鏡は落ちてないかい？　あれ、ミストからの誕生日プレゼントだったんだよ。君が粉々に砕いちゃったけど、フレームだけでも残っていたら嬉しいなぁ」

「ぐっ!?　この狸、また触れ辛いところをっ……!」

ぐぬぬと悔し声を上げながらも、アンジェは懐から小さな袋を取り出して、それを倒れたリオルドの胸の辺りに置いてやった。

「ほら、ちゃんと探してありますよ。ボロボロですけど、ちゃんと一纏めにしておきました!……で、ミストギルド長に何か言伝するような事はありますか?」

「ハッハッハ、言伝?　今の私はそんなに酷い状態なのかい?」

「……」

リオルドの問いに、アンジェは答えに窮する。酷い、なんてものじゃない。手足は千切れ、全身にあった神眼は潰され、首元は大きく切り裂かれている。今生きているのが不思議なくらいだったのだ。何よりも、リオルドの顔と体は驚くほどに衰えていた。50代にしては若々しく、そして雄々しかった彼の肉体は、今では歳以上に老人のそれとなってしまっている。これが神眼を乱用した副作用である事を、アンジェは知らない。知らないが、もう長くは持たないと推測する事は容易だった。止めを刺す必要すら感じさせず、最早以前の面影は僅かながらに顔に残る程度なのだ。

「ああ、その反応で何となく察したよ。それに自分の体の事は、誰よりも自分が知っている。言伝だなんて言い方をしてくれるアンジェ君の優しさが、この老体に染みるねぇ。そこは遺言――」

「――ああ、もうっ！　それで、あるんですか!?　ないんですか!?　ないのなら、さっさと行っちゃいますよ、私達！」

　アンジェが騒ぎ出した事で、口論をしていたベル達もそちらへと視線を移し出す。喧嘩を装いつつも、耳だけはそちらに貸していたようだ。

「ないよ、何もない。冒険者としてのリオはもう死んでいて、ここにいるのは残滓みたいなものさ。ミストを含め、私の旧友達なら分かってくれるだろう」

「良いんですか、それで？　結局、ミストギルド長とはどんな関係だったんですか……」

「良いんだよ。冒険者なんて、元々いつ死ぬかも分からない稼業なんだ。ミストとの関係だなんて、今は些細な事さ。それはミストだって同じ事だろう。最後に優秀な若人に見守られて死ぬ。十分に幸せな最期じゃないか。君達にはクロメルに抗う資格がある。それを確認できただけで、もう私が思い残す事は何もないよ。……まあ、どうしても知りたいのなら、冒険者ギルドの本部に行ってみなさい。あそこには私の先輩がいる」

　リオルドの声量が徐々に小さくなっている。たとえこの大怪我をエストリアの白魔法で治療できたとしても、迫り来る寿命の魔の手からは逃れられないだろう。

「ギルド長……」

「解析者……」

「おじさま……」

それでも優し気な表情を見せるリオルドに、かつての同胞達の胸中は複雑だった。獣王レオンハルトだけは、バスタードソードを握り締めたまま懐疑的な様子だ。

「……でも、最後にアドバイスだけは残してあげようかな。私の神の目で見て思った、ありがたいアドバイスだ。心して聞くように」

「「「──っ！」」」

いつの間にか、リオルドの片眼鏡をしていた方の神眼が復活していた。レオンハルトに一歩遅れて、皆が構えを取る。

「まずはベル君、君はもっと素直になりなさい。自分の感情を抑制して、我慢する事は確かに大切な事だ。だけどね、想(おも)いを伝える事も同じくらい大切な事なんだ。嫌いな事はすんなり言える君なんだから、後はその逆を実践するのみ。もっと好きという感情を前面に押し出した方が、幸せになれるってものだよ？」

「え？　あ、はい……」

「次にエストリア君、君はアレだよ。相手に合わせて性格や服装を変える癖をどうにかした方が良いね。特に今の意中の相手のライバルは、凄(すご)い色物……コホン、凄い強敵なんだろう？　それなら、君も本当の自分を曝(さら)け出して勝負した方が良いんじゃないかな？　君の場合、ベル君とは逆でやり過ぎは厳禁だけれどね」

「ほ、本当の、自分……？」

「時間がないので、レオンハルト殿はパスで」

「なぬっ!?」

それまでとは打って変わって、流暢に次々と助言を送るリオルド。周りの皆は臨戦態勢状態のまま、目を点にしながら彼の言葉に聞き入っていた。

「最後に、アンジェ君」

「……はい」

「君はそのままで良いかな。ただ、一言だけ言わせてもらうなら――幸せになりなさい」

「何言ってるんですか、ギルド長。私、もう幸せですよ！」

「……」

「……ギルド長？」

最後の言葉を言い切ったリオルドの神眼には、もう光がなくなっていた。

第三章　▼勇者と聖剣と慈愛と

——中央海域

ケルヴィン達が戦艦エルピスに乗り込む最中、エルピス外部の至る場所においても、戦いは苛烈を極めていた。倒しても倒しても方舟より出で続ける鎧天使は統率こそ取れていないが、数の暴力と個体の強さで水燕に乗る戦士達に肉迫。各国の代表者達もそれに負けじと、士気を高め連携を強めている。

「マジでゴマの奴はどこに行ったぁー!?」

「落ちる、落ちるっスー！」

獣王レオンハルトがゴマに化けて船に乗り込んでいた為に、本物のゴマは兄達と共にガウン本国の防衛に回っていた。その事実を知らないサバトらガウン冒険者パーティは、抜けたゴマの穴を気合いと根性で何とか凌ぐ。これはこれで獣王の試練だったりするのだが、サバトらにその意識はないだろう。

「いないものは仕方ありません！　どうにか我々だけで踏ん張りましょうぞ！」

「無理っス～！　もう俺は駄目ッス～～～！」

「ま、あそこよりはマシだと思うしかねぇか。グイン、派手に逃げると狙われっぞ！」

「ギャー！」

目まぐるしく状況が変わるこの戦場での戦いは、どれも歴史に残るべき大勝負ばかりだ。しかし、その中で最も激しい戦いを挙げろと言われれば、この戦場にいる誰しもが声を揃(そろ)えて、ある場所を示すだろう。竜と神の融合体、大いなる力を持つその者と戦う、異次元の領域に至った者達のいる場所を。

神機デウスエクスマキナの鎧を纏(まと)うは光竜王サンクレス。心臓部にはオリジナルとされるジルドラが搭載され、莫大(ばくだい)なエネルギーの供給源となっている。トリスタンよりジルドラ・サンと名付けられた光の化身は、正にジルドラの集大成とも呼べる究極の生命体だった。言うなれば機竜であろうか。そしてそれに抗うはエフィルとムドファラク、ジェラールにボガ、最後に自身の翼で大空を舞うセラとグスタフの混成部隊である。

「極蒼炎の焦矢(メルトブレイズアロー)！」

「天壊(テンガイ)！」

初手より最大火力で迫るはエフィルとジェラールだ。蒼(あお)き炎の矢と漆黒の斬撃の挟撃、並のS級モンスターであれば塵(ちり)も残らないであろう恐ろしき猛攻が、機竜に衝突する。

「フハハ、やったか！」

「父上、その台詞(せりふ)はエヌジーね。戦闘中は絶対に禁句だって、ケルヴィンとリオンが言っていたわ！」

「む、なぜだ？」

「理由云々を抜きに致命傷を与えた敵が、無傷のままで生き返っちゃう言霊らしいもの！」

「そうなのっ!? パパショック！」

「すまんがそこの御二人さん、もっと緊張感を持ってくれんかのう!?」

グスタフがフラグを立ててしまったのが原因だったのか、渦巻く炎と斬撃へ呑み込まれても、機竜の反応は途絶えない。それどころか、その中からはそれ以上の魔力が膨れ上がっていた。攻撃が晴れそこにあったのは、両手の先から光の盾のようなものを生成する機竜の姿。一瞬でその盾を形作る事が可能なのか、攻撃が止んだ途端にその盾は消えてしまう。

『最初と同じ結果、ですか。予想以上に強固ですね……』

『あの巨体を丸ごと包み込むほどの盾か。あれを破壊するには、なかなか骨が折れそうじゃわい』

攻撃を与えた触感からして、機竜の結界は戦艦エルピスが周囲に張っていた風のバリアを、そのままミニサイズに変換したが如くの強固さであると、暫定的にエフィルとジェラールは踏んでいた。全ての竜王が全力で放った息吹で、何とか破壊できたのが目安となると、如何に超火力特化の力を持つエフィルの狙撃爆撃でも、これを破るのは難しい。

『ジェラールの旦那、おで達も合わせて攻撃するかい？』

『疲労はまだあるけど、やるなら頑張る……！』

『いや、今のお主達が無理をしたところで、焼け石に水じゃろう。今は攻撃に参加せず、彼奴が怪しげな行動を取らないか警戒を続けてくれ』

　2人が騎乗するムドファラクとボガは、先の息吹で未だ消耗状態にある。これ以上下手な攻撃をさせて疲弊させるより、今は回復に努めさせた方が賢明だ。

『少し疑問なのですが、いくら光竜王と神柱が融合したとしても、あそこまで強くなるものなんでしょうか？』

『うむ、それはワシも思っておった。核となるのがジルドラだったとしても、今となってはトリスタンの操り人形に過ぎんじゃろう。神柱が数を減らし、その反動がこの強さとなって表れたのか……むう、難しいところじゃわい！』

　エフィル達の疑問は尤もだった。エフィルは先代火竜王を相手に単独で勝利できるだけの実力があり、ジェラールとてそれは同様。如何に機竜が頂点に属する種の融合体とはいえ、そんな2人の攻撃が一切通じないのは、おかしな話なのである。

『もう1つ、私も変に思った事があるわ』

『セラさん？』

『こいつ、さっきから攻撃する素振りを全然見せないのよ。唯一自発的に動いたのは、エフィル達が攻撃を放った時。あの盾を消した後は、何もしないで宙に止まっているだけでしょ？　やる気が一切感じられないわ』

『言われてみれば、確かにそうじゃな……』

　３人は高速で念話をしている為、この間も時間は大して進んでいない。精々がコンマ数秒の出来事だろう。しかしながら、機竜はあれだけの障壁を作り出してみせた実力者だ。攻撃を防いだのであれば、この刹那の時間ですらも利用して、次の行動に移るものだと、セラは注視していたようだ。

『こうしている今も、あいつに動きは特になし。罠を張っている――という気もしないのよねぇ。うーん……』

『主である召喚士のトリスタンが、アズグラッド様の不意打ちで遠くまで吹き飛ばされたから……という線はあるでしょうか？　今のところ自衛しか命じられていない、とか』

『そんな事があるものかのう？　ワシやセラも立場上は王の配下じゃが、めっちゃ自由じゃよ？』

『そうね！　命令とか普段されないし、とっても自由ね！』

　胸を張るジェラールとセラ。凄まじい説得力である。

『そ、それはご主人様の方針ですので……トリスタンの場合、配下は徹底的に、思うがままに支配するといった印象でした。シュトラ様の能力で限定的に縛り付けているとはいえ、その辺りの行動原理は不変だと思います』

『って事は、こういう意味？　トリスタンは自分の戦闘で手一杯で、あのジルドラゴンに指示をしている暇がない。ジルドラゴンはジルドラゴンで、トリスタンの命令がなければ自衛以外の行動ができない』

『……それってすんごい好機じゃね？』

『絶好の機会ですね』

『大チャンスよ！』

念話を介しての意見は纏まった。3人は改めて機竜に向かい、それぞれの得物を構える。

「セラよ、パパも会話に参加させてほしいのだが……」

「あら、父上もケルヴィンの配下になりたいの？　確か、まだ枠の空きはあった筈よ」

「それは1人の厳格な父親として、絶対に御免こうむる！　しかしだ、セラがどうしてもと言うのならば、パパも全く考えない訳では――」

「――で、作戦なんだけど！」

「うむ、話を遮ってごめんね！」

潔く発言権を娘に渡すグスタフ、本日も魔王っぷりが甚だしい。

「あのシールドをどうにかして、速攻でジルドラゴンを片付ける！　これで決まりよ！」

「セラ、お前……天才か！」

魔王っぷりが甚だしい。

◇　◇　◇

「そうと決まれば、早い者勝ちじゃな！　エフィル！」

「はい！」

「あっ、狡い！」

　エフィルが早撃ちで多首火竜を放つと、ボガに乗っていたジェラールがそちらへと飛び移り、機竜へと向かって行った。先手を取られてしまったと、セラも手早く魔人紅闘諍による完全武装を行う。

「うむうむ。ビクトールの技が少しばかり混ざっているのが癪ではあるが、我の『血染』もしっかりと継承しておるな！　ベルはエリザの力を得ているようだし、セバスデルが使えば変態的でしかない足技も、我が娘が使えば正に美の極致！　フッ、我がセラベルはどれだけ優秀なのかという話よ。む、もしかしなくともグレルバレルカの未来は、凄まじく明るいのでは？」

「父上、無駄話はあとっ！　早く戦える準備をして！」

「だよね！　我も常々そう思ってた！」

　セラの言葉を受け、即刻臨戦態勢へと移行するグスタフ。両手を握り締め、その身に自身のパワーとなる怒りを滲ませる。しかし、どうも能力の発動が上手くいかないようだ。

「むう、怒気がいまいちか。セラと一緒では、どうしても幸福感が上回ってしまうからな……よし、愚息とセラの良い感じなシーンを思い浮かべ■■■■っ！」

　殺意がゲージを振り切り一気に覚醒したグスタフが力むと、全身の肌より浮き出た青筋が破れて、その巨体に夥しい血を浴びさせた。血は『血操術』で強固なる得物を形成させ角や爪、全身を覆う刃と対ケルヴィン戦で見せた武装と同様のものを施していく。更にその手には紅の偃月刀が握られており、これでもかとばかりに巨大なものへと変貌していった。

「流石は父上、能力の格好良い使い方を心得ているわ！　構築した形状もセンスの塊ね！」

「それほ■で■ない■なっ！　か■っ！」

　怒っているのか喜んでいるのか、正直判別のつかない表情を浮かべながらセラと共に突貫するグスタフ。仮に迫られる方に感情らしきものがあったとすれば、1歩2歩は思わず退いてしまいそうな形相である。しかし、そんな特攻部隊に立ち向かうは物言わぬ機竜だ。相手が誰であろうと何ら関係なく、淡々と防衛を行う機械。機竜が両腕を再び掲げ始める。

　機竜が展開したシールドへ最初に接近したのは、真っ先に飛び出したジェラールだった。今回は飛ぶ斬撃の類は使用せず、直に魔剣ダーインスレイヴを叩きつける算段だろうか。

多首火竜（パイロヒュドラ）の加速に合わせ、大剣の剣先は対象へと向けられる。

「ふんぬっ！」

　魔剣と障壁の激突。その瞬間に凄まじい衝撃波が生まれ、ジェラールを乗せていた多首火竜（パイロヒュドラ）が散り散りに。これによって足場をなくしてしまったジェラールであるが、落下しつつも機竜のシールドに魔剣で圧をかけ、ガリガリと縦一文字に攻撃を加え続ける。

「ぬぅー……！」

　魔剣ダーインスレイヴは触れたものの魔力を吸収する。初撃で与えた天壊（テンガイ）にもその性質は付与されているが、直接接触するともなれば威力は飛躍的に向上。ジェラールは固有スキルの『自己超越』で更にその性能を底上げし、辺りを飛び回る鎧（よろい）天使を道すがら斬り付ける事で、自身の能力も『栄光を我が手に』によって一時的に上昇。次々と手札を切るジェラールの攻撃は強化に強化を重ね、絶対不可侵を誇る機竜のシールドに確かな傷痕を残していった。

「ぬんっ！」

　落下中に与えられるであろう最後の一振り。気力を振り絞ったその一撃は特に力強く、強大なものだ。シールド表面からごっそりと魔力と耐久性を奪い取り、その漆黒の刀身に力を吸収させていく。

「うおっ、何と荒々しい魔力！　これだけのじゃじゃ馬、長い事生きておるが初めての経験じゃわい！　ボガ！」

「おう、旦那！　待ってたぜ！」

落ち行くジェラールの真下には、既にボガの広々とした背中が待機していた。地上であれば高度から落ちても平気なジェラールであるが、落下地点が海となれば話は変わる。体が鎧なだけに、ジェラールは水中が苦手で泳げないのだ。実体化すれば良いだけの話でもあるが、それは騎士としてのプライドが許さないなどと、謎に塗(まみ)れた拒否をされてしまうのは目に見えている。剣翁の相棒として暫(しばら)くの月日が経(た)つボガは、そんなジェラールの性格を察して瞬時に行動を開始していたようだ。

「じゃが、その前に――余剰分はお返しするとしようかのっ！　天壊(テンガイ)！」

着地の直前に改めて振るわれる、漆黒の極大斬撃。その規模は一度防がれた天壊(テンガイ)の比ではなく、吸収した機竜の魔力を潤沢に使用した特別仕様だ。攻撃は先ほど削りに削ったシールドの縦線に寸分違(たが)わずになぞられ、またもや大スケールの衝撃を撒(ま)き散らした。

「うおっ!?」

「今度こそ落ちたっス――……！」

「グイ――ン！」

別次元の戦い、その攻撃の応酬による2次被害を受けては洒落(しゃれ)にならんと、トラージの飛空艇はこの戦場から離れ、かなり遠くの位置での飛行を心掛けていた。が、それでもこの衝撃は船を揺らし、ドジな者であれば転倒でもしてしまう、もしくはグインを吹き飛ばすような、そんな影響をもたらしてしまった。どこかの空で不運な獣人の悲鳴が聞こえた気がしたが、まあ実際そうなのだろう。ただ、今はそれどころではないのだ。

「手応えあり！」

天に昇った斬撃がシールドに亀裂を走らせ、バキンと硝子の割れる小気味良い音を奏でさせる。そして次の瞬間には、機竜を護っていた障壁がバラバラと崩落していった。

「おおっ、旦那すげぇ！　これならあのでけぇ船の結界も、旦那1人で壊せたんじゃねぇのか!?」

「アホみたいな魔力を、そのままお返ししてやったまでじゃよ。あの方舟は近づく者を吹き飛ばす性質も合わさっておったからな、また別問題じゃて。しかし、まだ仕事は残っておる」

機竜はあのシールドを両手より自在に発生させていた。一度破壊した程度で浮かれていれば、また瞬時に同じシールドを作られてしまうだろう。それを防ぐ為に突貫するは、フィールドを赤色で掻っ攫う悪魔の親子だ。

「父上、急ぐわ！」

「■、セラ■遅■■取ら■■っ！」

厄介だった障壁をジェラールが破壊するタイミングに合わせて、セラとグスタフが機竜の両腕目掛けて飛来。2人は再度シールドを展開しようとする左右の腕に拳を打ち付け、偃月刀で斬りかかった。鈍い音、甲高い金属音が鳴り響く。

「いっつ……！　かったいわね、これ!?」

機竜の体は余すところなく、神機デウスエクスマキナの鎧で覆われている。それは両腕も例外でない。助走をつけたセラ拳撃、グスタフの斬撃を正面から受けても、機竜の鎧には傷跡の1つも付いていなかった。

「だ■っ！　我ら■真骨■はここ■■だ！」

「奇遇ね、私もそう思ってたの！――『邪魔をするな！』」

「『セラ■言う事を■■っ！』」

攻撃と同時に付着した2人の血液が、機竜の両腕から体の隅々にまで素早く伝っていく。2人分の血となれば血染の効果と効率が倍増し、既にその体の殆(ほとん)どをセラ達(たち)は掌握していた。

「このまま操るって選択肢もなくはないけど、ケルヴィンが喜び勇んで解放しちゃいそうなのよねー。って事でエフィル、後は頼んだわ！」

「お任せください」

無防備となった機竜に向けられるは、エフィルが持ち得る火力を全て注ぎ込んだ蒼翠(そうすい)の業火。爆攻火(ヒートファーニス)、蒼炎(そうえん)、ルーミルの力の全てを施した矢が今、エフィルの弓より放たれた。

「──ガアッ！」

「わっ！」

「■■っ!?」

自衛の為の最後の抵抗だったのだろうか。唯一血が巡っていなかった機竜の頭部を覆っていた鎧の一部が解放され、内部の口が露出される。機竜はそこより竜の息吹と思われる白き光線を放射し、エフィルの矢に抗った。

「ガ、ア……」

竜王の息吹に匹敵するであろう、機竜の白き反撃は強力だ。但し今回は抗う相手が悪く、頭部以外の全ての自由を奪われているなどの状況下。エフィルの本気の矢がそんな不完全なものに弾かれる筈もなく、機竜はそのまま頭部を貫かれ、火だるまになりながら海上へと落下した。

海に落ちても尚、エフィルの炎は機竜を焼き続けていた。周囲の海水ごと肉を焦がして蒸発、空いた隙間を埋め尽くそうと外部から海水が押し寄せれば、それもまた気化させる。次々と生み出された大量の気泡が水面を覆い、機竜が墜落した海は海底火山が噴火したか

の如く、真っ白に染め上げられてしまった。

「……うん。水中に落ちたせいで私と父上の血が流されちゃったけれど、流石に死んだかしらね」

「セラがそう言うのならば、我も太鼓判を押さない訳にはいかぬな。奴は死んだ、絶対に死んだ！」

「そ、そうですね。確実に頭部を射貫きましたから、まず間違いないかと」

「残った体も荒波に揉まれ、更には消えぬ業火にその身を焼き続けられる、か。ジルドラの生涯を懸けた集大成も、ああなってはどうしようもないじゃろう。これにてジルドラゴンは討伐された。この後はどうする？　あの方舟から出でる鎧天使を片付けるか？」

　機竜を倒したのにも拘わらず、未だに戦艦エルピスからは無数の天使が飛び立っていた。尤も、現状では水燕の戦士達が善戦しているようである。

「このままではいくら敵を倒したところで、どこまでもキリがないかと。皆さんが戦線を維持できているうちに、大本を断つのが一番だと思います」

「となれば、王らが先行しておるあの船に殴り込みか。下手な島よりも巨大なあのでかさじゃ。探索する人数が多くとも、困る事にはなるまいて。ワシもエフィルの案に賛成じゃな」

「この場でのセラの安全を確保できたとなれば、次はベルとの共闘であるな！　しかし、セラの傍を離れるのは何としてでも避けなければならぬ……ここはセラと共に行動しつつ、ベルと合流する。これしかあるまい！」

「のう、グスタフ殿。もしや、ずっとその調子で行動するおつもりか？」

「当然である！　逆に問おう、それ以外の道がどこにあるのかとっ！」

「うむー……」

　思わずそんな言葉を口にしてしまうジェラール。もしケルヴィンがこの場にいれば、仮孫を前にしたジェラールも本質的にはそう変わらないと指摘するところだろう。しかし、そんなケルヴィンも妹のリオンを前にすれば、まあ似たようなものな訳で。つまるところ、男共は過保護過ぎるのである。

「と、ともあれ皆の意見は大体一緒のようじゃ。セラも殴り込みで良いかのう？」

「そうね。あの方舟、また変な結界が施されているのか念話が届きにくいみたいだし、この目で直接確認した方が――」

『――ちゃん！　セラお姉ちゃん！』

　セラの言葉の途中であったが、誰かからの念話が届いた。この妖精のような可愛らしい声は、子供の時のシュトラのものだ。

「あ、待って。シュトラから念話がきたわ。トリスタンとの戦況の報告かも」

「でしたら、回線を共有しましょう」

「ワシもー」

「むう、またしてもハブられる我……仕方ない、その間は適当に天使共の相手でもして、鹵獲しておくか」

グスタフが愚息を思い浮かべ、再び怒気マックスの戦闘モードとなって飛んで行った。血を鎧天使に塗って、仲間の頭数を増やそうという算段らしい。

『シュトラね？　聞こえてるわよー』

『ワシもおるよ！』

『皆？　良かった、繋がったみたい。状況を報告するね』

シュトラからの連絡は、トリスタンを倒す事ができたというものだった。共に戦ったアズグラッドやダハク、サラフィアも無事のようで、無傷とまではいかなかったものの、いずれも軽傷の範囲内で戦線への復帰は直ぐにできるらしい。唯一トリスタンの配下として残ったタイラントトリグレスも、今のところ沈黙を保っている状態なので、厳重に拘束しているところだという。

『流石はシュトラじゃ！　ようトリスタンを討った！　今日は宴じゃな！』

『ジェラールさん、落ち着いて。ハウス、ハウスです』

『あはは……お爺ちゃんがそんな調子って事は、お姉ちゃん達も？』

『鋭いわね、シュトラ！　こっちも今しがた、ジルドラゴンを倒したところよ！　ふふん！』

『え、本当に!? すごーい！』

『ふっ、ふーん！』

胸を張るセラの代わりに、エフィルがこちらの状況説明をシュトラにする。

『――という訳です。シュトラ様がトリスタンを休む暇もなく追い詰めてくださったお蔭で、ジルドラゴンは最低限の抵抗しかしてきませんでした。心より感謝致します』

『ううん、そんな事ないと思う。お爺ちゃんやお姉ちゃん達はやっぱり強いなぁ』

『ガッハッハ、もっと褒めて！』

『私の事だって褒めて良いのよ？』

『すっごーい！』

一頻りシュトラに褒められ、満足したセラとジェラール。タイミング良く、グスタフもそろそろ戻って来るようだ。

『ふ～。でもこれで、少し懸念してた事が消えてくれたかな』

『懸念ですか？』

『うん。トリスタンが倒された今、その配下だった者達はトリスタンの支配下から解放されちゃうでしょ？　タイラントトリグレスは元が機械みたいなものだったからか、指示する人がいないと自主的には動こうとしないみたいなの。それはそれで幸いだったんだけれど、お姉ちゃん達が戦っていたジルドラゴンも同じとは限らないわ。色々な生命の融合体みたいだったし、どんな反応を起こすか私も予測できなかった。そういう意味で、お姉ちゃん達がジルドラゴンを倒してくれて本当に良かったなって』

『なるほどのう。早いうちに倒しておいて正解じゃった、という事か。流石はワシらじゃ、以心伝心しとる！』

『ナイス判断だったわね！　シュトラ、私達はこれからあの船に乗り込むけど、貴女達はどうする？』

『タイラントリグレスの処置が終わったら、私達もお姉ちゃん達と合流するわ』

『なら、少し待つとしま――んー？』

『……？　セラお姉ちゃん？　どうしたの？』

突然言葉を区切ったセラに、シュトラが疑問を持つ。念話越しにセラは唸っており、何かを不審がっているようだった。ちょうどこの場に帰還したグスタフも似たような様子で、周囲を警戒している。

『ううーん。今、何かすっごく嫌な予感がしたような……』

『セラがそう言うと、冗談でないくらいに不吉じゃな。冗談なら止めてくれん？』

『……一応、臨戦態勢に移行しましょうか』

警戒網を敷き、四方に目を凝らすエフィル、ジェラール、セラ、グスタフの４人。そんな彼ら彼女らに向かって、海の底より怪しげな黒い影が迫っていた。

――戦艦エルピス

　そこは広大な議事堂のような場所だった。中心に向かっていくつもの椅子が並び、列を成している。それらの種類も実に様々で、中にはこの世界にはない未来的な、もしくは現代的な椅子があったりもした。１つとして同じものはなく、全てが違う椅子だ。しかしそこに座る者は誰もおらず、しんとした空気だけがこの場を支配していた。戦艦の外では盛大な戦闘が行われているというのに、ここはまるで別世界だ。

「……来ましたか。随分と待ちましたよ、ケルヴィンさん。そして、その仲間の方々も」

「ああ、来たぜ。舞桜（まお）は相変わらずの鎧（よろい）姿か。まあ、似合ってるっちゃあ似合ってるけどさ。っと、その前にすまん。そろそろ待ち合わせの時間になりそうだったし、ちょいと船の壁とか壊しちゃったわ。その程度じゃ落ちないよな、この船？　クロメルと殺（や）り合う前に落ちたらマジで困るんだけど、大丈夫だよな？」

「貴方（あなた）とクロメルの舞台として用意した場所です。そう簡単に落ちては俺だって困りますよ」

ケルヴィン、リオン、刹那（せつな）、シルヴィア、エマの5名が、佐伯（さえき）舞桜の待つ『選定の間』へと到着した。

様々な椅子が立ち並ぶ異様なこの空間にて、舞桜はその中の1つである大きな切り株に腰掛けながら声を発していた。切り株を椅子と称するには少々粗末にも感じられたが、舞桜はこの無数にもある腰掛けから、自らそれを選んだようだ。

「それにしてもおかしいな。リオルドから託された方舟（はこぶね）の見取り図じゃ、クロメルのいる礼拝堂はこの先にあった筈（はず）だ。この変な部屋で行き止まりって事は、俺達（たち）は奴に偽物の地図を持たされたのかねぇ？」

「いいえ、本来であれば正しいルートですよ。確かにクロメルの礼拝堂はこの奥にあります。但し、今は緊急時でしょう？　防火シャッターが下りてしまって、それで道が塞がれているようなものだと思ってください」

「……この部屋が、か？」

ケルヴィンが改めてこの空間を見回す。広く、無駄に天井の高い部屋だが、やはり椅子くらいしか置いているものはない。壁も急ごしらえである様子はなく、どこかの城で使うようなしっかりとした作りだ。

「この部屋は選定の間と言いまして、この時の為に俺が用意したものです。ここに存在する椅子は、歴代の神の使徒がかつて愛用していたものを模倣した、所謂コピー品。神の使徒が積み上げてきた歴史を表している、ともいえますね。今日という日が来るまで、本当に長かったんですよ？」

「何だ、舞桜は使徒の中でも古参だったのか？」

「ええ、まあ。立場や役職はその都度変わりましたけど、これでも一番最初に代行者に選ばれた変わり種ですよ」

「最古参じゃないか。俺も立ち位置としちゃ、こう言うべきではないんだろうけど……クロメルの我が儘に付き合ってくれて、ありがとうな」

　そう言うとケルヴィンは舞桜に向かい、深々と頭を下げた。日本人らしい、きっちりとしたお辞儀だ。舞桜もこの時ばかりはポカンとしているようだった。

「……ぷ、ふふっ！　ケルヴィンさんの為に神にまでなって、世界を掌握しつつあるクロメルが我が儘ですか。ケルヴィンさんの発想は面白いなぁ」

「だってそうだろ？　あいつがやろうとしている事は、要は俺の為に世界を振り回しているだけだ。発端がどうであれ、他人からしちゃ迷惑この上ないよ。ま、確かに戦闘狂にとっては最大級のプレゼントなんだけどな！　だから、ありがたく頂くとする！」

「ああ、良かった。実をいうと、ここまでしておいてケルヴィンさんに引かれないか、その一点だけが心配だったんです。愛が重いとか、流石にそれは……なんて言われたら、クロメルが一体どんな化学反応を起こすのか、流石の俺も予想できませんでしたので」

　ガチャリと鎧の擦れる音を響かせながら、舞桜が腰掛けていた切り株より立ち上がる。黒と金で色付けされた鎧と兜は舞桜の素顔を隠し、その表情を窺わせまいと立ちはだかっている。

「今しがた申しました通り、この先にはクロメルがいます。ですが、このまま素直に皆さんを通す事はできません」

「へえ、お前を倒すのが条件か？」

「その通り――っと、ちょっと待ってください。クロメルから連絡が、ええ、ええ……え、良いんですか？」

「……」

　大事な商談の場で携帯が鳴ったかの如く、鎧姿のままこっそり電話を取るような素振りを見せる舞桜。実にアンバランスな光景だ。ケルヴィン達は大人しく待つ事とした。

「……ふう、失礼しました」

「何かお前も大変そうだな。で、クロメルは何だって？」

「ええとですね、どうもケルヴィンさんを目の前にすると辛抱できないようでして、ケルヴィンさんだけなら先に通して良いと、そんな連絡です。今まで我慢できてた癖に、いざ本番になるとこれですよ。それで、どうします？　俺としてはどっちでも構いませんけど、あまり待ち合わせ相手を待たせるのもどうかなと」

「それ、誘導尋問だよな？」

　舞桜はこう提案しているのだ。ケルヴィンだけが通るのなら、自分はこのまま素直に道を開けよう。しかし仲間も一緒に行くのなら、当初の予定通り自分が壁となって立ちはだかる、と。つまるところ、邪神の心臓でセルジュがリオン達を通せんぼしていた焼き直しのようなもの。クロメルは前回と同様に、2人きりでの逢瀬を所望しているようだ。

「先に言っておきますが、俺と戦えなくなる事を残念に思う必要はありませんよ。ケルヴィンさんにとっても馴染み深い固有スキル、『絶対共鳴』を持っている影響で、俺はクロメルと同等の個体性能に修正されています。むしろ俺はそれだけの使徒なんで、より強い人と戦いたいのなら、断然クロメルと戦う事をお勧めしますね」

「おいおい、そんなのを俺1人で相手しろってのか？」

「はい。それがクロメルの望みであり、ケルヴィンさんの望みでもある筈ですから」

「……ケルにい、悩む必要はないよね？」

　今まで沈黙を保っていたリオンが、そう言いながらケルヴィンの手を握った。

「僕達の事はいいから、ケルにいは先に行って。ケルにいが行った後に、舞桜さんを倒して僕達も直ぐに後を追うからさ」

「……いいのか？」

「「良くはないですね！」」

ジト目な刹那とエマが、口を揃えて細やかな抗議の声を口にする。尤も、２人は諦め半分な様子だ。

「普通に考えれば、全員で一気に使徒を倒した方が効率的ですよ。刀哉だってそうするでしょう」

「ですね。でもまあ、今回はケルヴィンさんのしたいようにしてください。正直、話が大き過ぎて私じゃ把握し切れないので」

「ん、ケルヴィンに任せる。たぶん、それが一番上手くいくと思うから」

「――という訳で、ここは僕達に任せてよ、ケルにい！」

握られた手を離され、その代わりに背中を押される。答えは最初から出ているようなものだった。

「ケルヴィンさん、貴方もそれでいいですか？」

「……ああ、俺は先に行かせてもらう。だけど、願わくば舞桜とも生きた状態で再会したいもんだ。んで再戦したい。リオン達の勝利は確信してるけど、変な負け方はしないでくれよ？」

「ハハ、ケルヴィンさんは気が早いというか、やっぱり相変わらずだなぁ」

「笑う暇があるなら、早く道を開けてくれ。どうやって先に進むんだよ。壁を壊せばいいのか？」

「あ、ちょっと待ってください、壊さないで！　その鎌じゃ、本当に船が真っ二つになっちゃいますから！」

大鎌を形成して振りかぶるケルヴィンに対し、舞桜があたふたと止めに入る。

「クロメルの礼拝堂には、ここにある椅子のどれか1つだけが繋がっているんです。正解を引けば、そこに座るだけで到着できますよ」

「また変な仕掛けにしてんのな……で、どれに座れば？」

「……（にこっ）」

「自分で当てろってか!?」

選定の間に置かれた椅子の数は百を優に超し、種類や年代も全て異なっている。ここから正解を探すのは、1つ1つ試すにしてもなかなかに面倒な事だ。

「それともう1つ、正しい椅子を探すチャンスは一度きりです」

「は？　何で？」

「困った事に、これもクロメルからの指示でして。ケルヴィンさんなら、たった1回の挑戦で運命的に正解を引き当てると、彼女は信じて止まないようですね。まあ、間違ったらその時はその時ですよ。正攻法で俺を倒してから、微妙な空気の中でクロメルと会ってください。さ、どれにします？　ちなみにこの切り株は俺の椅子なんで、そこだけは除外してくださいね。もちろん、俺の言葉を疑った上で座るのもありですよ？」

「お前さ、その兜の中ですっごい笑顔になってるだろ、絶対……どれにするって言われてもなぁ。まあ、直感で選ぶしかないか。じゃ、この食堂にあるようなありきたりな椅子で。豪華絢爛な王座より、こっちの方があいつらしいだろ」

ケルヴィンはパッと目に付いた椅子のところに向かい、ひょいっと座る。すると次の瞬間、ケルヴィンの足下に魔法陣が発生して、椅子諸共眩い光の中へと姿が消えてしまった。それがあまりに急だったもので、思わず無言になってしまう一同。

「……うわぁ、本当に一発で当てちゃったよ、あの人」

ボソッと、舞桜がそう呟いた気がした。

ケルヴィンが選定の間から消え去り、後に残るはこの場所の主である舞桜と、勝負を託されたリオンらの5人だけとなった。今更ながらに女の子ばかりな面子になってしまった事に気が付いたのか、舞桜が兜の上から頭をガシガシと掻くような仕草をして見せる。

「さ、ケルヴィンさんとした会話通りの流れになると思うんだけど、君達に異存はない？」

「その前に、ちょっといいかな？」

戦闘開始の最終確認をする舞桜に対し、先頭に立っていたリオンが挙手をする。

「君は確か、ケルヴィンさんの義理の妹さんだったたね。何かな？」

「えっとね、選定者さんにちょっと質問したい事があって……選定者さんの事をケルにいから聞いて、小さい頃にお爺ちゃんから聞いた話を思い出したんだ。佐伯家で桜の名を持つ者は、どういう訳か不思議な体験をしやすいって。その時は迷信だとか、お爺ちゃんが僕を怖がらせようと悪戯で言ったのかと思ってた。僕、この世界に転生する前は佐伯理桜って名前だったんだけど、選定者さんの名字も佐伯、それも下の名前に桜の文字が入っているんだよね？」

両手の得物を抜きながらその台詞を言うのはどうかと思いながらも、この時点で舞桜はリオンが言わんとしている事を察していた。

「うん、入ってるね」

「そっか。それでね、これは僕の推測でしかないんだけど――選定者さんって、僕の御先祖様なのかな？」

「……さて、どうだろうね？　佐伯なんて名字、日本にはごまんといるだろうし、俺と君とじゃ生きた時代が違うから。俺の一族も代々桜の名を継承して、決まって病弱体質で、行方不明になったり突然帰って来たりが日常茶飯事なところはあったけど、でもまあ、きっとそんなのはよくある事だよ」

この場に居合わせていた刹那とエマは思う。そんな日常茶飯事があって堪るものか、と。しかしながら、よくよく考えれば身近にそんな出来事を引き寄せてしまう幼馴染や、自らトラブルを引き起こす凶獣がいたりするのを思い出し、よくはいないがそれなりにはいるかもと思い直す。シルヴィアはシルヴィアで、常識に囚われない母の姿を思い浮かべて納得していた。

「否定はしないんだね？」

「否定はしないさ。教えられる事なら教えたいところなんだけど、実際問題俺も直接的な繋がりがあるかなんて、クロメルに聞いた事がないから分からないんだ。だけどさ、今となってはあまり関係のない事なんじゃないかな。君は色々な意味でクロメルの敵だろうし、俺はクロメルを裏切れない。君は早くケルヴィンさんの下に駆け付けたいし、俺はそれを阻止したい。となれば、今やるべき事は自ずと分かるってもんだよね？　仮にもケルヴィンさんを支える者としてならさ」

舞桜が全身鎧の腹部に手を添えると、鎧の一部が改変されて異なる形を作り出していった。生成されたのは剣の柄らしきグリップ形状。舞桜がその柄を握って正面へ引き抜くと、伝説の勇者が扱うような見事な大剣がその姿を現す。眩い光を放つその刀身が、かつて刃を交えたセルジュの武器とよく似ていた。

「……聖剣？」

「そう、代々勇者の相棒として活躍してきた聖剣ウィル。俺もセルジュと同じく勇者だったからさ、俺専用のウィルを持っているんだ。あ、言っておくけど、セルジュやこの時代の勇者が持っているウィルも偽物じゃなくて、歴とした本物だよ。そっちのポニーテールの勇者さんなら、何でこんなに沢山のウィルがあるのか知っているよね？」

舞桜に指名されたのは刹那だった。リオンがチラリと刹那に視線を送る。

「ええ、まあ。世間的に聖剣ウィルはデラミスの教皇より賜った事にされていますが、実際のところは勇者として転移した際に授かるものなんです。その時代の勇者につき1本、私達の場合はメルフィーナさんより刀哉が受け取りました。聖剣は勇者としての役目を終えた時、元の世界に戻るのと同時に神様に返還されるとも聞いています。……この答えで合っていますか？」

「うん、大方合っているよ。正に神の奇跡を体現した伝説の武器って感じだよね。まあ例外的にセルジュの時はクロメルが暗躍して、俺の時は使徒として転生する際にもう一度渡されていたんだけど……それと、君の勇者としての転生は特例中の特例だ。デラミスの巫女を介さない勇者召喚だなんて、本来あり得ない事だからね。聖剣ウィルが渡されなかった理由として、その辺は理解してほしいな。君達の仲間だったメルフィーナも、クロメルに意識の外から妨害工作を受けていた事だしさ」

「ううん、それを不満に思った事はないよ。聖剣がなくったって、僕にはケルにいが造ってくれたこの剣があるもん！」

　申し訳なさそうにウィルを構える舞桜に対し、リオンは2本の黒剣アクラマを構える事で応酬する。後ろに控えていた刹那、シルヴィア、エマの3人も既に臨戦態勢となっており、選定の間は一触即発な空気を呈し始めた。

「もう思い残す事もないかな。それじゃ、そろそろ始めるよ」

「いやん、ちょっとだけ待ってほしいわーん」

　それはとてもとても野太く逞しく、その上で奥ゆかしく愛に満ちた漢らしい声だった。どこからともなく聞こえてきたかと思えば、選定の間の真上より天井が丸ごと抜けるような轟音が飛来。同時に、筋肉隆々な何かが落ちてきた。

　リオンと舞桜のちょうど中央付近にズゴォンと落下したそれの衝撃は凄まじく、辺りを覆い隠すほどの風塵を巻き起こす。だが、その風塵の中にて確かに見えたド派手なピンク色は、どう考えても見間違いではないだろう。やがて風塵が散り始めると、その色を全身に着込んだ筋肉の塊がむっくりと起き上がり――

「プリティアちゃん、参上よん！」

　――名状し難いポージングを取りながら、その美声で猛烈なアピールを開始。最強の肉体にいつぞやに見せた全身タイツを纏わせた、ゴルディアーナ・プリティアーナが登場したのである。

「うわぁ……」

舞桜が心の底からそう呟いてしまうのも、ある種仕方のない恒例行事だ。

「プリティアちゃん！」

「やっほぉ、リオンちゃん。助太刀に来たわよん」

一方の顔見知り達も、笑顔で出迎えられたのはリオンのみだ。心強い援軍である事を重々に理解し、また感謝もしているのだが、素直にこの状況に置かれる喜びを表現できない刹那とエマ。シルヴィアは無表情ながらに挨拶していた。

「ちょっと〜、プリティアちゃ〜ん。先に行かないでよね〜」

今度は真横より新たなる声。そちらを振り向けば、いつの間に到着したのかセルジュが椅子に座っていた。それがセルジュの愛用品なのか、椅子は中学高校等で使用されるような、よくあるタイプの学童椅子だ。

「あらん、フーちゃんだって我先にダッシュしてたじゃなぁい？　私はフーちゃんに倣っただけよん」

「ふふん、ああ言えばこう言う作戦かな？　その手には乗らないぜ、プリティアちゃん！」

両手の人差し指をビシッとゴルディアーナに向けるセルジュ。張り詰めた空気を打ち壊した2人は、どこまでも和気藹々としていた。

「ま、急いだお蔭でこうやって戦闘開始前に乱入できた訳なんだけどね～。やあやあ、選定者！　こうして実際に顔を合わすのは初めてだったかな？　選定者の前口上が長いお蔭で、何とか遅刻しないで済んだみたいだよ。助かった～。で、何々？　どのウィルの話をしてたの？　私も交ぜなよ、つか交ぜろ」

「フーちゃん、レディは言葉遣いに気を付けて！」

「あはは、プリティアちゃんとフーちゃんは仲が良いな～」

後方に控える刹那とエマは、この状況をどうツッコめば良いものかと悩みに悩み、シルヴィアはおやつのビーフジャーキータイムに入っていた。

◇　◇　◇

突然のゴルディアーナとセルジュの乱入に、状況は一気に混沌と化してしまった。流石の舞桜もこの展開は予想外だったのか、鎧越しに肩をすくめている。

「地上最強と使徒最強のお出ましか。やれやれ、これにはどうも手を焼きそうだよ」

「おっかしーなー。その言葉、私には皮肉に聞こえるけど？」

「まあまあ、フーちゃん落ち着いて。よくよく見れば良い鎧じゃない♡」

何と比べて良い鎧なのか？　舞桜は聞き返したい気持ちと後ずさりたい気持ちを何とか抑え、それ以上仕草に恐怖を滲ませるような事はしなかった。兜の下でどのような表情を作っているのかまでは確認できないが、少なくとも異性に関して真っ当な感性を持つ彼が、内心肝を冷やしているのは確かな話だろう。

「皮肉というよりも、今における事実かな。守護者が使徒に所属していた段階では、確かに君は最強だった。俺なんて比べ物にならないほどにね。但し、今においてはクロメルがほぼほぼ復活している。この力は決して俺自身のものじゃないが、それでも君を上回る力なんだ。その辺の事情は理解してほしい」

「フッフッフ、なるほどなるほど。つまりは下剋上ってやつだ！」

「うん？　うーん……まあ似たようなものかな？」

　舞桜の返答には多少妥協した感があった。

「嬉しいなぁ、強い気配を探した甲斐があったってもんだよ。使徒として生まれ変わってからも、挑戦する側に回れるだなんてさ……！」

「あらん？　私とのあの熱い激闘は挑戦じゃなかったのん？」

「プリティアちゃんとは今のところ対等だし、挑戦するというよりかは、お互いを高め合う仲かな？」

「ま！　嬉しい事言ってくれちゃってぇ」

キャッキャッと口調は和やかな2人だが、その姿勢は既に戦いに備えられている。ゴルディアーナの体からは桃色のオーラ、慈愛溢れる天の雌牛(ローズィシュタル)が分厚く展開され、セルジュはウィルを弓の形態、聖弓(アルテミス)に変化させていたのだ。

「リオンちゃん達〜。選定者の言葉に嘘(うそ)はないと思うから、私と戦った時以上に気を引き締めないと危ないよ?」

「おっと、これは意外だな。無理だと思ったらさっさと離脱するこった」

「うん。認めてやるよ、選定者。そこまで俺を評価してくれるのかい?」

最強を賭けた女と男の戦い！　卑怯(ひきょう)だなんて言葉は言わせないよ？」

「戦いに卑怯とか、そんなものは存在しない。でもまあ、女と男の戦いか。言い得て妙だね」

一部そのどちらにも属していない者もいるが、刹那とエマは歯を食い縛って意見するのを我慢した。今はそういう空気ではないと、拳も一緒に握り締めたのだ。

「何と言いますか、ケルヴィンさんから格好良く頂いた出番が、丸ごと食われてしまった感じですね……」

「でも、最高の援軍には変わりないよ。せっちゃん、シルヴィー、えっちゃん——絶対に勝つよ！」

「……！　ええ、そうですね！」

「ん、おやつもちょうど食べ終わった。食後の運動、ちょっと激し目にやろう」

「私の太陽の鉄屑（ソルフォルム）だって、聖剣に負けませんよ！　ボガさんとの特訓の成果、今こそ見せてお母さんに褒めてもらう時っ！」

「あー、あー。今まで黙ってたけどさぁ、おじさんも刹那ちゃんの刀帯ベルトにいるからねー？　おじさんの心と皆の心はいつも一緒だからねー？　後さっきのツッコミを堪（こら）えていた時さ、おじさんもいるって事を伝えようとしてくれたん——」

「——いくぞ、選定者！」

　戦闘開始の合図たる叫びが各所から上がり、生還者のおじさんの声は無残にも掻（か）き消される。先頭を走るはゴルディアーナだ。振りかぶった右腕にはピンク色の塊が集められ巨腕を形作り、これ以上ないほどに腰を切った見事なスイングの後、弾（はじ）けるようにしてそれが舞桜（まお）の顔面へと向かった。

「むうんっ！」

「ハァッ！」

　そんなゴルディアーナの強烈な一撃に、舞桜は聖剣にて対抗する。拮抗（きっこう）したのは一瞬、それより先はゴルディアーナが腕を引っ込め、入れ替えるように猛烈な蹴りを浴びせた。が、これにも舞桜は反応し、大剣にて攻撃を受け止めていた。そんな中でゴルディアーナの後方を駆けていたリオンは、ゴルディアーナが引っ込めた拳から血が滴っているのを目

にする。

（刃と拳がぶつかったあの一瞬で、プリティアちゃんの愛（エネルギー）を貫通させてる。想像以上に鋭くて重いかも、あのウィル……！）

　ゴルディアーナと舞桜の間で激しい殴り合い斬り合いが行われるも、その結果はどれもゴルディアーナの肉体にダメージが発生するだけに留（とど）まり、向かい合う舞桜の聖剣や鎧は未（いま）だ無傷。ゴルディアーナの肉体を容易に傷付ける聖剣の破壊力もさることながら、鎧の防御力も尋常ではない事が窺（うかが）えた。だがしかし、攻撃を開始したのは何もゴルディアーナだけの話ではない。

「私も混ぜろよっ！」

　天を駆けるセルジュが、構えた聖弓（アルテミス）から神聖なる矢を放つ。その移動速度は暗殺者であるアンジェに次ぎ、天歩を併用して使っている為（ため）に軌道が読めない。更には放つ矢にもその特性が備わっており、稲妻が落ちるが如（ごと）くの軌道で舞桜を攻め立てた。ゴルディアーナの攻撃とのタイミングも完璧で、針に糸を通すような精密な射撃で、要所要所の隙を突きまくっている。

「ナイスな援護よぉ、フーちゃん！」

「へえ、単独行動ばかりかと思えば、こんなチームプレーもできたんだね、守護者」

「ふっ、むしろパーティでの戦いの方が得意な方かもねー」

おちゃらけた口調でそう言うセルジュであったが、実際のところは心の中で舌打ちしていた。聖弓（アルテミス）による攻撃は、ゴルディアーナが大剣を引き付けている分、その殆（ほとん）どが舞桜に命中している。しているのだが、あの黒金の鎧（よろい）には一切の損傷が見られないのだ。

（どんなに固くたって、私の攻撃を受けて全く無傷ってのはないよねー。光属性の無効化とか、そんな感じかな？　いやはや、だとしたら勇者（わたし）とは相性わっるいなぁ。ウィルも魔法も駄目じゃん。ま、最悪はプリティアちゃんと一緒に聖拳なしの肉体言語でー）

セルジュの判断は即断即決。そうと決まった彼女の行動は早く、ウィルを剣の形態に戻して鞘（さや）に投げ込み、自身も戦いの火中に飛び込むのであった。宙を蹴っての飛び蹴り、舞桜の片腕に遮られてしまったものの、聖弓（アルテミス）で穿（うが）った時以上の感触は確かにあった。

「直接でもかったいなぁ！　何それ、その鎧もウィルで造ってんの!?」

「君だって聖鎧（ガラハッド）とかいうのを使っていただろ？　それと同じようなもの――」

――パキリ。

舞桜の足底から、何か凍（い）て付くような音がした。それでも舞桜は視線を下げない。その音だけで足下が凍らされた事が分かったからだ。

「ん、プチ絶氷山壁（ディープヘイルベルク）」

この場で青魔法を使用するとなれば、その人物はシルヴィアしかいないだろう。彼女は舞桜の足場に小さな正方形の氷塊を作る事で足を凍結させ、自身も氷細剣ノーブルオービットを抜いて迫っていた。シルヴィアの横には高熱を発する太陽の鉄屑（ソルフォルム）を振りかぶったエマもいる。

「加勢」

「しますっ！」

「あらん、好機ねぇ！」

「できる子な私も合わせるよー！」

ゴルディアーナ、セルジュ、シルヴィア、エマによる四方同時攻撃。矢面に立つ舞桜の足は固定され、瞬時にその場を動く事を封じられている。

「これで、どう？」

「んんっ！　怒鬼烈拳・改（ドキドキスマッシュ・ラブ）！」

「溶焔（ゾルブ）！」

「えっと、えっと——フーちゃんの美脚！」

舞桜が動かそうとしていた聖剣の腹をセルジュが蹴り上げてそれを封じ、無防備となった鎧に向かって3人が必殺の攻撃をぶちかます。愛の詰まった拳が胸部を打撃、如何（いか）なるものも溶かす大剣が背を叩（たた）き付け、如何なるものも凍らす細剣が鎧の隙間に差し込まれていた。

◇　◇　◇

拳と大剣に挟まれた鎧が軋む。前方のピンクの一撃、後方の灼熱の一撃。その双方が通常の尺度では測る事が不可能、馬鹿馬鹿しいほどに強力なものだ。攻撃を与える感触は確かなもので、タイミングを合わせた事で互いの威力も高まっている。

――ただ、それ以上に鎧は強固なものだった。前後同時に衝突され、鎧としての形を保っている事自体がまず異常。踏み込んで攻撃を浸透させようとするほどに、この程度ではそれができない事を悟ってしまう。事実、舞桜の身を護る鎧にはちょっとした傷もついておらず、僅かに陥没する様子も見られない。

(この熱度で無傷って、どんな素材なんですかそれ!)

(この状態の私の拳を受け止めてくれた、ですってぇ!? 何て深ぁ～い愛、なのかしらん!)

ゴルディアーナの鋼鉄の肉体に傷を付けた大剣型ウィルがそうであったように、この鎧型ウィルも相当侮れない。魔王の持つ『天魔波旬』のような小難しい能力がある訳でもなく、不可思議な力が働いている訳でもない。単純に基礎値が高い、ただそれだけの事なのだ。そして鎧内部に細剣を突き立てたシルヴィアも、同様の事に思考を巡らせていた。

(肉体には届いている筈だけど、貫通してない。鎧だけじゃなく、彼自身も凄まじく頑

丈）

　全身鎧の隙間を突いた繊細かつ強烈な一撃。されど細剣の剣先は肌の表面で止まってしまい、それ以上突き進む事を拒まれている。こちらも何か特別なスキルや魔法は使ってはいない。クロメルより渡されたステータスの数字が、それだけ脅威となっているだけの話だった。

「狂乱の氷息吹（アイアスリートブレス）」

　直接攻撃が通用しないのならば、別の手を執行するまで。シルヴィアが唱えた魔法は、細剣より鋼鉄の氷が入り混じる暴風を舞桜の鎧内部に呼び寄せ、歪（いびつ）な音を立て続けに響かせていた。鎧の外側の守りが堅いのならば、内部もまた同じように堅牢（けんろう）。その性質を利用して、シルヴィアは鎧の中で疑似的なミキサーを作り出したのだ。これでは舞桜の肉体を護る役目を担っていた鎧も、シルヴィアの魔法の攻撃性を高める道具のようなもの。当然、その内部環境は悲惨の一言である。

「うわー、流石（さすが）の私もこれを直接受けたら、ただじゃ済まないわー」

「いやん！　お肌が荒れちゃうわん！」

「ん、トラージで食べたかき氷からヒントを得た」

　シルヴィア命名、かき氷アタック。名前よりもかなり残酷なアタックだ。

「皆ー！　次のやつ、いっくよー！」

「おっと、退避退避っ！」

頭上高くに飛び上がって、雷鳴を轟(とどろ)かせているリオンの姿を確認。拳や剣を引いてプリティア、セルジュ、シルヴィア、エマの4名は素早く後方へと飛び移った。

「今なら良い感じに水っ気を含んでるから、チャンス」

「ありがとっ、シルヴィー！　轟雷落土(フューリーボルト)！」

リオンが掲げたアクラマの剣先に集めていたのは、電撃が塊となって巨大な球体となったものだった。かつて狼(おおかみ)の神柱、神狼(しんろう)ガロンゾルブが放っていた電撃にも似ているが、その規模とサイズは桁違いのものとなっている。かと思えば次の瞬間、その球体が瞬く間に手の平サイズにまでに収縮。リオンが剣を振り下ろすのと同時に、稲妻となって走り出した。

「――っ！」

落下先はもちろん、現在の敵に認定されている舞桜だ。セルジュによって蹴り上げられた聖剣ウィルが避雷針となる形で、一寸の狂いもなく落雷するリオンのS級赤魔法【轟雷落土(フューリーボルト)】。対象に命中したこの魔法は暫(しばら)く肉体に留まり続け、間断(かんだん)なく大ダメージを与える。常人であれば一瞬で消し炭に、如何に優れた耐久自慢であろうとも、一度(ひとたび)触れてしまえば気絶は免れない。更には俊敏性の低下、麻痺(まひ)効果までを付与し、敵の行動を幾重にも封じてしまう恐ろしき効果まで秘めているのだ。

「まだまだぁー！」

　雷竜王の加護により、この轟雷落土は通常の倍以上の威力、持続力に強化されている。大剣を伝って鎧にまで電撃がバリバリと眩く発光し、雷鳴を轟かせ続けるその様は直視するのも辛いレベルだ。非道なるかき氷アタックからの光ビカビカのこのコンボは、正に凶悪の一言であった。

（それでも、選定者さんを倒すには全然足りない気がする……！）

　不意にリオンが頭に過らせたこの考えは、他の者達にも通ずる共通の答えだった。この程度ではまだ、神の力を得た舞桜は倒せない。更なる一押しが必要である、と。

「――いきます」

「おーし、おじさん特等席で見物しちゃうぞー」

　最後の一押しを担ったのは刹那、居合の体勢で舞桜の前に構える彼女だった。眼前の舞桜は未だリオンの電撃を受けている最中、その一太刀に懸けて最速を誇る剣が当たらない道理など、そこにはない。彼女の刀、涅槃寂静がその特性を加速させ、生還者ニトとの修練の日々が更なる次元へと技量を押し上げる。刹那の『斬鉄権』の前には、如何なる肉体も公平な結果に終わるのだ。

「うん、君のその力だけは怖いからね。素直に避けさせてもらうよ」

「っ!?」

　リオンの攻撃はまだその効果を終わらせていない。刹那の抜刀も、相手がセルジュであろうと捉えられる速度で放たれた。しかし、しかしながらその上で、舞桜は紙一重のところで居合の刀を躱し、刹那から遠ざかってみせた。

「今の俺がどんな耐久値を誇っていたとしても、君の刀はそれら一切を凌駕して、容易く両断してみせる。それだけが怖かった。そして今、他の人達の攻撃なら何とか耐えられるし、我慢できるレベルだという事も分かったよ。守護者でもなく、S級冒険者でもなく、ケルヴィンさんの妹さんでもなく、やっぱり君を一番に警戒しよう、今世の勇者さん」

　舞桜がそう言い切ると、漸くリオンの轟雷落土が消え去った。残った鎧には焼け焦げた痕はなく、その中身が焦げるような悪臭もしていない。これだけの攻撃を受けて尚、舞桜はほぼダメージを負っていない。それが現段階における舞桜とその他大勢の性能差。呆れるほどに、一転して笑いがこみ上げてくるほどの大差だった。

「――だけど、一矢は報いたね」

「何？」

　ガラリと、舞桜の兜の一部が崩れ落ちる。頬には深手ではないものの一線の赤い血が滴り、傷を負った事による痛みが遅れてやって来ていた。

「……ちゃんと避けたつもり、だったんだけどな？」

「選定者、悪いけどただ性能が高いだけじゃ、おじさんが鍛えた刹那ちゃんを出し抜く事はできないよ？　今までどんなに才能のあった弟子も会得に至らなかった、虎狼(ころう)流の奥義とか裏奥義とか、その諸々(もろもろ)をこの刹那ちゃんに習得させちゃったもんねぇ。ただ速くて何でも斬れるだけの剣じゃないよ、今の彼女は」

「ニト師匠、あんまりネタバレしないでくださいよ。それに、裏奥義とかそんなものはなかったでしょうが」

「いーじゃーん。刀なおじさんを使ってくれないのなら、せめて格好だけでもつけさせてよー」

　お喋(しゃべ)りな刀は今日も絶好調のようだ。

「あらやだん。刹那ちゃんに負けていられないわねぇ。私も出しちゃおうかしら、最終形態(ファイナルエディション)」

「クロメル戦用に出し惜しみをしている場合でもなさそうだもんね。プリティアちゃん、存分になっちゃいなよ。女神(ラスボス)にさ！」

　刹那とゴルディアーナが注目を集める中、リオンはそっとその場にしゃがみ込み、自身の影に手を伸ばしていた。

「ほぉーあああ……！」

桃色タイツの魔人、もといゴルディアーナが凄まじい形相のまま、ボディービルダーも真っ青な完成度を誇るポージングをし、野太い唸り声を上げ始めた。ゴルディアーナが叫ぶ度に、肉体の周囲に展開していた慈愛溢れる天の雌牛の桃色オーラが筋肉のように膨張し、更に力強く色の濃いものへと進化していく。桃鬼の名を冠するゴルディアーナであるが、今の姿はそれとはまた別物。選定者である舞桜を以ってしても、これからどう変貌していくのか予測のできない事態となっていた。

「だけど、黙って見ている俺じゃないよ？」

「だろうねっ！」

ゴルディアーナの進化を阻止しようとする舞桜目掛けて、セルジュが剣を携え突貫する。互いに剣を交える形になり、ここで舞桜はセルジュの持つ剣がウィルでない事に気が付く。彼女の剣は刀身に稲妻を纏わせ、先のリオンの攻撃のように眩く流動していたのだ。

「剣もそうだけど、さっきより動きが良くなってないかい？」

「そうかな？　どっちも気のせいだと思うよ？」

気のせいではない。セルジュの得物が変わっているし、そのスピードと反応速度は確実に上昇していた。

（それも、セルジュだけじゃないね）

セルジュの後に続くシルヴィア、エマ、刹那の駆けた後の床に、何やら電気のようなものが走っている。こちらもセルジュと同様に、敏捷値が上がっているのは明らかだった。次に舞桜は唯一接近して来ないリオンに視線を向け、これら変化の大本がリオンであると結論付けた。しゃがみ込むリオンより、4人に向かって荒々しい魔力の流れが感じられたのだ。

リオンが使用したのはS級赤魔法【稲妻超電導(ライトニングヴァアスト)】、敏捷と反応力を向上させる稲妻反応(ライトニングエンハンス)の完全上位互換とされる魔法であり、その増強量は以前の比ではなく、対象をパーティ全員に取る事で範囲までもが強化されている。これによりパーティの者達は舞桜の敏捷には追い付かず、決定打となるダメージを与えられなくはあるが、全員が協力して防戦に徹すれば、それなりに時間を稼げるレベルにまで押し上げられていた。

更にリオンは自身の影に潜ませているアレックスより魔剣カラドボルグを借り受け、これに赤魔法による渾身(こんしん)の電気を注入。こっそりとセルジュに渡す事で、彼女の攻撃手段をちゃっかり確保。私生活で気の利くリオンは、戦闘時でも痒(かゆ)い所に手が届く支援を行っていたのだ。

「ふっ！」

「だぁっ！」

「くっ……！」

リオンの支援を受ける4人の息は、完璧に合っていた。それこそ共に育ったシルヴィアとエマ並みの連携を、同等のレベルで4人で行っているようなものだ。やってる本人達も、内心驚いている有り様である。

「選定者、言ったじゃん私。パーティで戦う方が得意、しかも可愛い女の子と一緒なら尚更得意だって！」

最後の方は恐らくまだ言ってない。しかし、そんな彼女の戯れ言が真実であるかの如く、セルジュはパーティの潤滑剤として目覚ましい貢献をしていた。シルヴィア達と刹那が伸び伸びと立ち回れるよう、その仲介役として絶妙なタイミングで戦闘に介入。時に舞桜の隙を作り、時に厄介な攻撃を引き受ける。これにより、前線に立つ4人のコンビネーションは高いレベルで確立され、各々が最大限に力を発揮できる環境が構築されたのだ。個の力では圧倒的に劣っていようとも、数の利を得た彼女らの壁は厚い。

そしてもう1つ、舞桜には無理をして踏み込めない理由がある。それは刹那が生還者ニトから受け継いだという、不可思議な剣技の存在だ。実際のところ、舞桜には刹那の太刀筋がハッキリと見えている。瞬間的な剣速が如何に速いとはいえ、その最高速は舞桜の頂きには届かない。居合が放たれたところで、視認しているその線を躱せば良いだけの話だ。だが、斬られた。正確には破損した兜を含めて瞬時に修復できる程度の傷だが、確かに斬られたのだ。刹那の剣は当たり所が悪ければ一撃必殺にも成り得るからこそ、舞桜は不用意に踏み込めない。

「ヘイヘイヘーイ、どうしたどうした選定者～！　おじさん仕込みの剣がそんなに怖いのか～い？」

　おまけにニトの言いたい放題な煽り文句のお蔭で、精神的にも色々と来るものがあった。その忌々しさは想像以上である。ほんの少しだけ刹那の精神も削っているが、まあ誤差の範囲である。

「ま、色々と攻めあぐねる理由はあるだろうけどさ、一番の要因は君にあるんじゃないのかな、選定者！」

「本っ当に目敏いな、君は……！」

　絶対共鳴によりクロメルとのパスを得た舞桜の力は、それこそ神の力に匹敵する。だが、その力を舞桜が十全に引き出せるかどうかと問われれば、それはまた別の話。クロメルがメルフィーナから力を吸収し、半神として降臨したのは、どちらかと言えばつい最近の事だ。そんな短期間で神の力という大層なものを、ここまで制御できるようになっただけでも僥倖、いや、舞桜はそれだけの研鑽を死ぬ気で重ねたんだろう。これは素人が世界最速の車に乗るようなもので、溢れ出す力の制御、抑えのきかない魔法を操作する事は、如何に転生した勇者といえども容易にできる事ではない。唯一その力を十分に出し切れるとすれば、その身の頑丈さくらいなものだろうか。

（できればケルヴィンさんには、そんな俺で慣らしてからクロメルと戦ってほしかったんだけど……まあ、これがクロメルの望むべき形なら仕方ないか。それにしても、本当によく食らい付く）

拮抗する戦況に、舞桜は微かに感嘆の溜息を漏らす。次の手を切らねば、この場が即座には進展しないと悟ったからだ。

「ウィル、枷を外せ」

「「「――っ！」」」

前線にいた全員が、一斉に背後に飛び移る。直後、舞桜の大剣と鎧から、唐突に光がこぼれ落ちた。星屑を散らしたかのような輝きを纏い、舞桜の背には白き光の翼が顕現。どうやら本格的に神の力を行使するらしく、希薄だった殺気も光の強さと比例して高まっていた。

「制御も加減も諦めるよ。君達は慈悲を与えるほど弱くはないようだ」

変化を終えた舞桜が、改めて大剣を構える。舞桜の足下にある床には、彼が一歩踏み込んだだけで亀裂がいくつも走っていた。

「うわ、さっきとはまた別物ですね……」

「おじさん、それは大人気ないと思うなぁ」

「ん、手加減してた？」

「手加減じゃなくて、自分でも力の調整ができてないだけ。シルヴィア、注意を怠らない！」

「む、私はいつも真面目だよ」

「はいはい、こんなところで姉妹喧嘩しないの。選定者の決意が固まったところで、こっちも準備が整ったみたいだよ」

セルジュは肩をすくめながら、ある方向を指差していた。そこはセルジュ達が戦いを繰り広げていた舞台の後方、ゴルディアーナが変態――もとい、変身を遂げていた場所だ。

「ふぅー……これ、やろうと思っても時間が掛かっちゃうのがネックよねぇ。あまり実戦的とは言えないわん。とってもエネルギーを使っちゃうから、そう長くは持たないしぃ」

舞桜はそれを見上げ、再び溜息を漏らした。今度は感嘆してのものではない。あまりの馬鹿馬鹿しさに呆れ、この場に立ってしまった事をかなり後悔してのものだった。

「おじさん、それも反則だと思うなぁ」

怪物、人外、悪魔。およそ人とは思えない超越した者に対して、人々がそのようであると語る言葉は数多にも及ぶ。それは主に見た目を指すものではなく、その者の実力が異様

である時に使われる事が多いだろう。S級冒険者であるケルヴィンやシルヴィア、獣王レオンハルトだってそうだ。彼らは標準的な冒険者からしてみれば、人外の強さであるとしか言いようがない。

しかし、現在において舞桜が対峙しているS級冒険者、桃鬼のゴルディアーナ・プリティアーナはその範疇さえをも大きく逸脱していた。はち切れんばかりであった鋼鉄の肉体が、容姿までもが人間のそれとはかけ離れていたのだ。実力はさることながら、元々の4倍から5倍までに膨張。更には肌色が真っピンクに染め上がっている。最早肉体から発せられるオーラのエネルギーだとか、そういう問題ではない。肉体は確かにそこにあり、迸るほどの威圧感を纏いながら現実のものとなっていた。

バサリと翼が羽ばたくと、ただそれだけで強烈な突風が巻き起こった。舞桜がその背にある神の翼を広げたのではない。変貌を遂げたゴルディアーナのその背にもまた、天使……いや、女神の如き桃翼があった。計8枚ある翼は、大きな背を丸々隠してしまうほどに巨大。強靱で如何にもな重量感を視覚的に感じさせる大ゴルディアーナを、その羽ばたきで飛行を可能にしてしまうのではないかと錯覚させられる。頭の上に天使の輪まで飛んでいるのは、一体何の冗談なんだろうか？　恐らく、この場にいる全員が理解できない事だ。

「ハハハッ……本当に人間？」

「いいえ、超人よん♡」

ゴルディアーナがツインドリルを揺らしながら、相変わらずな野太い声で答える。金糸を編んだような美しい髪色だけは元来のままのようで、そこがかえって不気味である。

「で、でっかい……！　元々2メートル以上はあったけど、これもう10メートルはくだらないんじゃないの!?」

「ん、新種の巨人族」

「刹那(せつな)ちゃん、あれ味方だから斬っちゃ駄目だよ？　おじさんとの約束だ。特におじさんを使って斬るのは言語道断だ」

「斬りませんよっ！」

敵側の舞桜もそうだが、味方側の動揺も相当なものだった。この場で平常心を保っていたのは、ゴルディアーナと死闘を繰り広げ、この慈愛溢れる天の雌牛(ローズイシュタル)・最終形態(ファイナルエディション)を誕生させた戦友のセルジュ。そしてゴルディアーナの可能性を信じ、このような姿になっても変わらぬ友情を心に宿している、親友のリオンくらいなものである。それほどまでのインパクトが、今もこの場を支配していた。

「まあまあ、貴方(あなた)がそこまで動揺しちゃうのも仕方のない事よん。何せここまでの究極の美を体現した者は、この世界が誕生して以来初めての事でしょうからぁ」

「そ、そう言われちゃうと返答に困っちゃうな。元勇者として、どの言葉が適切なのか全然分からないよ」

　自らの美しさを信じて疑わないゴルディアーナの姿は、一言で言えば筋肉の女神である。強烈な顔と髪型はそのままに、肉体の造型も形としては大して変わっていない。ただ、そのサイズと色合いと服装がおかしいのだ。自分が思った事を素直に口にして良いものか、舞桜の良心が葛藤してしまうのもやむを得ない事。刹那に至っては、こんなものと対峙しなくてはならない舞桜に同情までしていた。

「皆、少し下がっていなさいねぇ。今から、本気で動くからぁ」

「という訳さ。ささっ、プリティアちゃんの邪魔になるから、私達は退避するよー」

「えっ、ちょ、ちょっと！」

「エマ、お腹空いた。何かない？」

　ゴルディアーナに全てを託したのか、セルジュはリオンのいるところまで皆を強制的に下がらせてしまう。刹那は一先ず指示に従い、エマは納得のいかない様子で、シルヴィアは既に別の事に興味が逸れていた。

「さぁ、随分と待たせてしまったわねぇ。この舞台のプリマドンナぁ、いよいよ始動よん。お相手ぇ、願えるかしらん？」

「もちろん、その為に俺は存在しているんだ」

　今となっては見上げなければ、ゴルディアーナの顔を見据える事ができない。舞桜は改めて大剣を構え、戦いを再開しようと意識を集中させる。しかし、目の前には見据えるべき相手がいなかった。視界は全てがピンクに染まっており、まるでそのような色をした壁が眼前にあるかのよう。そしてその喩(たと)えは、あながち間違いではなかった。

遠目に見ていた刹那の目からは、ゴルディアーナの巨体が弾(はじ)けたように映った。ゴルディアーナがやられた訳ではない。むしろ、その逆だ。残像がその場所に残るほどの速度で前へ飛び移り、舞桜の下に急接近していたのだ。

(は、やっ……！)

具体的に述べるとすれば、それは何の捻(ひね)りもない単純なタックルだった。しかしながら、ゴルディアーナは単純に速かった。その巨体が信じられない速度で躍動し、舞桜でさえピンクの壁が突然現れたと誤認してしまうほどに。踏み込む第一歩から最高速度。壁のまま弾丸となったゴルディアーナは、大剣で防御をする舞桜を問答無用で轢(ひ)き飛ばし、その衝撃で選定の間の壁へ深々と衝突させる。そして次の瞬間には、壁にぶつかった舞桜の眼前に、再び桃色の女神が降臨していた。

「怒鬼烈拳・極(ドキドキスマッシュ・ダンク)」

「――――っ！」

次いで巻き起こったのは、２本の巨腕による猛打の嵐だった。壁とピンクの拳に挟まれた舞桜がウィルで応戦するも、ゴルディアーナの攻撃が止まる兆しは一向にない。拳が大剣で切り裂かれようと直ぐ様に再生し、次の拳が舞い降りる頃には完全な状態に巻き戻る。連打の速度はタックルの時と同様、目で追うにはあまりにスピーディー。気が付けば過ぎ去り、痛みを覚えるよりも速くに次の拳が迫る代物。それどころか徐々にスピードアップして、更に嵐が強まっているようにも思えた。

「ふぅんッッッ！」

連打の中に紛れ込んだ、飛ぶ鳥を爆散させるようなアッパーカット。舞桜の顎部へ適確にヒットしたその攻撃は、壁を粉砕させながら彼を選定の間の一番上にまで無理矢理に押し上げ、そのまま天井に舞桜を埋め込んだ。時間にして10秒にも満たないこの束の間の出来事に、皆はただただ圧倒させられる。

「た、倒した？　倒しちゃいました……？」

「いいえん、まだよぉ」

ゴルディアーナの声に呼応するかの如く、天井に埋まった舞桜が猛スピードで降下を開始した。光の翼を広げ、大剣を真下に。幾千幾万もの星屑を放出させながら、地上にて対空体勢を取っていたゴルディアーナに再衝突。その際、大剣のウィルは剣というよりも、光の塊となっていた。

「なるほどねん、それが貴方の奥の手ぇ？」

舞桜の攻撃によって、ゴルディアーナの巨体が両断される。右肩から外にかけて、腕と足が斬り飛ばされる。しかし、再生は止まらない。瞬く間に失った部位が修復され、舞桜が言葉を発する頃には完全な状態にまで回復していた。

「凄いな、綺羅星も耐えてしまうのか……」

「貴方だってぇ、私の渾身の攻撃を耐えたじゃない？」

「なるほど、俺達の実力は拮抗していると？」

「ううん。地力でいえばぁ、今の私でも貴方には遠く及ばないわん。あれだけの攻撃を受けて尚、それだけ元気ってのが良い証拠ねん。だけどやっぱりぃ、本気の本気は出せないみたいねぇ？」

「……俺は本気だよ」

「いいえ、本気じゃないのぉ。全然マジじゃないのぉ。貴方、無意識に力を制御しちゃってるわん。察するにぃ……下手にその力を使って船を壊したらぁ、ケルヴィンちゃんとクロメルちゃんの戦いを邪魔する事に繋がっちゃう。それだけはしてはならない。したくない。そんなところかしらん？」

「……」

「その沈黙が答えかしらねぇ。でもぉ、このままじゃ埒が明かないかしらん？　お互い、攻撃が通じないんだものねぇ。私としてはぁ、このダンスを延々と続けるのも魅力的な話なのだけれどもぉ」

実際のところは違う。慈愛溢れる天の雌牛(ローズイシュタル)・最終形態(ファイナルエディション)の運用が可能な時間は、残り僅かなものなのだ。だからこそゴルディアーナは、自分ではない別の者に、この戦いの幕を落とさせようと考えていた。そして、その策は既に実行に移されている。

「人狼(じんろう)一体三刀流、影狼(かげろう)モード。そして発動――『模擬取るもの』」

人知れず、リオンは舞桜の影を踏んでいた。

◇　◇　◇

リオンは舞桜の影に触れ、それを引きずり出した。一体何を？　舞桜の影を、である。掴(つか)み取った影がズルズルとリオンの腕に、更には全身に這(は)いずるようにして纏(まと)わり付き、アクラマの刀身と同様に黒く黒く、漆黒へと染まっていく。朗らかな雰囲気に包まれていたリオン自身も、対人戦の際に被(かぶ)る容赦のない顔となって一変していた。

「それは一体、何だい？」

「僕とアレックスの奥の手だよ。プリティアちゃん風に言うと、最終形態(ファイナルエディション)かな？」

舞桜は改めてリオンを注視する。纏う影、変貌した雰囲気、油断できない面構え、そして何よりも、その身に秘める強さが変わっている事が、直ぐに理解できた。理由は一切不明だが、今となってはゴルディアーナ以上に厄介な相手である。これまで積み重ねてきた経験と幾度も死線を潜(くぐ)らせた本能が、そう騒いで止まらない。舞桜は最も警戒すべき人物を、リオンへとシフトする。瞬(まばた)きの間に下されたこの判断は間違っておらず、実に的を射た判断といえるものだった。

——ただ1つミスがあったとすれば、舞桜がリオンとゴルディアーナの直線上に立ってしまった事。そしてその上で、僅かでも変貌したリオンに驚き、注視し、その力量を測ろうとしてしまった事だろう。たとえ瞬きの間の出来事であったとしても、それはつまり、ゴルディアーナを意識の外に追いやる事を意味していた。

「愛の抱擁(がっちりホールド)ぉ！」

「なあっ!?」

舞桜の注意がリオンに向いたその最中、彼の両端からピンクの壁が押し寄せた。完全なる隙を突いた、ゴルディアーナの奇襲である。巨大化した両腕を猛スピードで迫らせ、しかしながら優しく、可憐(かれん)な花を扱うが如く包み込む。鎧(よろい)越しでも伝わるゴルディアーナの温かな体温は、優しさがエネルギーとなって伝わったものだろうか？　原理は不明だが、体から力が抜けてしまう不思議な感覚に舞桜は陥ってしまう。

「うおおぉぉ————！」

あと少しでも気を抜けば、数秒で夢の中に飛び込んでしまいそうな微睡(まどろ)み。それを払拭する為に、舞桜は力の限り声を張り上げ、叫ぶ。心なしか悲鳴のようにも聞こえるが、実際の気持ちは彼にしか分からない。

（剣で切り裂いたって無駄よん。今の私の治癒力、一番最初に直に体験した貴方がよく知っている筈だものねぇ）

そう、いくら神の力、神のステータスを率いてゴルディアーナを傷付けようとも、その肉体は瞬時に修復され、元通りになってしまう。舞桜を拘束する愛の抱擁も例外ではなく、いくら舞桜が暴れたところで逃れられないのだ。

「クッ！　だけど、君の力では俺は――」

「そう、だから貴方を倒すのは私の役目じゃなぁい。彼女の役目よん」

舞桜を抱きとめるゴルディアーナが、静かにその場に留まる。大いなるその力が少しでも当たりやすいように、その身ごとターゲットとなる捨て身の戦術。

「やはり君か、妹さんっ！」

リオンは『這い寄るもの』の効果で影化したアレックスを纏い、そして『模擬取るもの』にて舞桜の影から彼の『絶対共鳴』を模倣し、その身に宿していた。影狼モードとなったリオンには、そのまま絶対共鳴の恩恵が与えられる。クロメルのステータスが舞桜に共鳴されるのであれば、それはつまりリオンにも共鳴されるという事。今のリオンは、クロメルの力――神に匹敵する力を手に入れているのだ。

「最強の盾があるのなら、最強の矛で攻撃すれば良い。最初からそういう計画だったんだ。

ねえ、舞桜さん。いくら舞桜さんでも、これなら殺せるよね？」

「――っ！」

そう、殺せる。いくらクロメルのステータスを基にした力があるとはいえ、その力をもろに食らわせられれば死んでしまう。だがしかし、舞桜はまだ諦めていなかった。

（途轍もない覚悟だ、よく考えられた策だ。圧倒的な不利な状況からここまで覆されるなんて、正直思いもしなかった。俺は心から君達を尊敬するよ。だけどね、それはそう簡単に扱える代物じゃない。たとえ俺がこの場を動けなくたって、標準を合わせて攻撃するなんて至難の業だ。それに急所に当たりでもしなければ、一発では死なない……！）

舞桜は思案する。絶対共鳴はクロメルのステータスを平均値に割り振り、各項目に当て嵌めるスキル。要は筋力も耐久も魔力も、全てが同じ値になる。だからこそ、リオンの攻撃が仮に当たったとしても、余程当たり所が悪くない限り、一撃でHPが0になる事はないと、そう舞桜は踏んでいた。制御できない力など当たる筈がないし、仮に掠ったとしても生き残る。逆にその攻撃を利用して、ゴルディアーナの拘束を解除しようとも考えていた。

「爆攻火！」

「道連れ雪人形」

しかし、その考えは即座に打ち破られる。エマがリオンに施したのは、エフィルも愛用するS級赤魔法【爆攻火（ヒートファーニス）】。次の攻撃の際、その威力を2倍にまで引き上げる補助魔法だ。これにより、リオンの攻撃は掠るだけで大打撃を与える神殺しの領域に到達する。

残るは命中するかどうかの問題になるが、これも大幅に達成できる可能性が高まった。その理由はシルヴィアが唱えたS級青魔法【道連れ雪人形（メタノイアドール）】にある。この魔法を詠唱する事で、舞桜の体が表面上だけ雪に覆われていった。雪は薄く、振り払えば取れてしまう程度のものだが、どこからか現れ次々と積もっていく為に、ゴルディアーナの治癒力と同様、いくら抵抗したところでキリがない。ましてや今は、拘束されて身動きも自由にできない状態だ。ただ、ここで舞桜が変に思ったのが、シルヴィアの仲間である筈のゴルディアーナにまで、この雪が覆い被さっていた事だった。雪は舞桜を捕らえたゴルディアーナもろとも、逞（たくま）しい女神雪像を象（かたど）っている。

「ん、これで的は大きくなった。道連れ雪人形（メタノイアドール）は雪にダメージを伝染させる。これで雪像のどこに攻撃を当てても、敵にダメージが通るよ」

道連れ雪人形（メタノイアドール）はこの時の為にシルヴィアが作り上げた、彼女のオリジナル魔法。移動され続ければ効果が適用され辛（づら）いなど、使用条件はかなり限られる。だが、巨大化したゴルディアーナが舞桜を捕まえた今においては、絶好の機会に他ならない。力の融通が利かないリオンとの相性もバッチリだった。

「彼——彼女ごと俺を攻撃するつもりか……！」

「ご名答。ちゃんと言い直した辺りぃ、とってもポイント高いわねぇ」

舞桜がもがく、ゴルディアーナが包み込む、外れない絶望。

「リオン君は得物だけしっかり握っておいて！　間違って私が小突かれたら、絶対死ねるし！　来たる時に思いっ切り振る、それだけで良いように私が調整するからさっ！」

「了解！」

「おっし！　次は君の出番だ、えっちゃん！」

「ええ、見せてやりますよ！　ボガ流ジェット噴射、その名も噴焔（ペルセ）！」

セルジュがリオンを脇に抱え、更にエマがセルジュと背中合わせに太陽の鉄屑（ソルフォルム）を突き出すように構える。そして、エマの大剣が炎を噴いた。ロケットの如く一気に飛び上がる3人。ある程度の勢いを保ったところで、先にエマが切り離れて離脱。リオンを抱えたセルジュが女神雪像の真上へと到達する。

「捉えた！　最後に良いとこ見せ付けたれ！」

渾身の投球で、リオンをぶん投げるセルジュ。空より舞い落ちる黒き流星のように、リオンは一直線に舞桜へと迫る。何の偶然なのか、その姿は聖剣の力を解放した舞桜の綺羅星（コズミキコニス）に似ていた。

◇　◇　◇

黒流星が舞桜を抱く女神雪像に衝突する。対人戦において、下手な同情や加減など一切不要。リオンはその信念に基づいて、神殺しの力を存分に発揮させた。黒剣アクラマに乗った斬撃は全てを呑み込み、それどころか床を突き抜けて、エルピスの下部にまで破壊をもたらしている。斬撃の勢いは一向に衰えず、遂には方舟から解き放たれ、地上に広がる海にまで到達。エルピス全体の四分の一を占める大穴が、突如としてぽっかり開けられてしまった。幸い、外部で戦闘を行っている者達や飛空艇に被害はなかったようだが、あんまりな出来事に外の面々は目を点にしている。

「――はぁ――……!」

開けた大穴の淵で、リオンが大きく吐いた息と共に倒れ込む。練りに練った策、重ねに重ねた仲間の力、リオンは想いをその小さな背中で一身に背負い、巨大過ぎる力を使い切った。これまで生きてきた中で、一番頭を酷使したんじゃないかと思うほどに集中した。その代償なのか、研ぎ澄ましていた筈の意識がプッツリと切れてしまい、体も全然いう事を聞いてくれない。もう指先ひとつ動かせない状態だった。

「クゥン……？（大丈夫……？）」

そんなリオンを心配してか、影からアレックスが飛び出して、彼女の頬をペロリと舐める。

「……あはは、くすぐったいよ～」

　声を振り絞って、アレックスに精一杯の笑顔を向ける。本当であればアレックスの顔に手を添えたかったが、もうそんな元気は微塵もない。尤も、アレックスはそんなリオンの事情を察してくれたようで、ただ黙って傍に寄り添ってくれた。

「あらぁーん。仲睦まじいわねぇ」

「プリティアちゃん……？って、血塗れ!?」

　ふと掛けられた声の方へと顔を向けると、そこにはリオンが無理にでも叫んでしまうほどの重傷を負った、ゴルディアーナの姿があった。ゴルディアによるオーラは既に解除されており、壁を背にして何とか立っていられる、そんな状態だ。全身タイツは大事なところを残し、他の箇所は全て吹き飛んでいる。だからこそ、その屈強なる肉体がどれほど傷付いているか、リオンは直ぐに理解する事ができた。

「ごめん。僕、手加減できなくて……」

「なぁ～に言ってるのよん。リオンちゃんの愛、私は確かに受け止めたわん。ちょっとばかし瀕死にはなっちゃったけれどぉ、数時間も寝て起きれば元気になるわぁ。だからぁ、安心なさぁい？」

「えへへ、そう言ってくれると助かるよ～……」

　バチコンとウインクを飛ばすゴルディアーナは、極力平気そうに振舞っていた。無理をしている事は明白であったが、リオンはこの気遣いを素直に受け入れる。

（あ、そう言えばクロトの保管に、回復薬があったっけな。プリティアちゃんに渡さないと……）

そう思い浮かんだリオンは、逸早くアレックスに伝えて薬を取ってもらう為、念話を飛ばそうとする。しかし、飛ばそうとした念話は止められてしまった。

「嘘、でしょ？」

「嘘じゃ、ない……」

何気なく知ってしまったその情報に、リオンは目を疑う。チラリと視界の端に映ったのは、左腕を失い、土手っ腹に大穴を開けた舞桜の姿だったのだ。彼のウィルで形成していた全身鎧は全てが剝がれ落ち、大剣の方のウィルも手にはない。いや、こちらに関しては失ったというよりは、手向けに置いて来たというべきか。彼の背後にはシルヴィアとエマが倒れており、それぞれに大剣が突き刺さっていた。

「シルヴィー、えっちゃん……！」

ここからでは2人の容態がよく見えない。立ち上がって戦って、助けないと。そう強く念じても、リオンの体は疾うに限界に達していた。ゆっくりと歩みを進める舞桜に対し、アレックスが遮るように立ち塞がるも、通常の攻撃が通じない舞桜に勝てる見込みは殆どない。

なけなしの精神をフル稼働させて、ゴルディアーナと協力して戦う案を考える。だが、ゴルディアーナは気絶してしまったのか、壁に寄り掛かって俯いたままだった。やはり、さっきまで相当の無理をしていたようだ。

「さっき、のはっ、本気、でぇ……死、ぬと、思った。神の、生命力……俺もっ、侮ってぇ、いた、よ……！」

　舞桜の声は最早途切れ途切れで、今にも嗄れてしまいそうなものだった。普通の体であれば、絶対に死んでいる状態だ。だがしかし、舞桜はそんな体で立ち上がり、あまつさえ戦いを再開させている。彼の命を未だに保っている肉体も馬鹿げているが、それを成そうとする信念も化け物染みていた。

「おいおい、選定者。不意打ちは頂けないな～」

「セル、ジュ……！」

　いつの間にそこにいたのか、アレックスの横にはセルジュが立っていた。舞桜の光を無効化する鎧がなくなったからか、魔剣カラドボルグはアレックスの口に返してやり、代わりにその手には聖剣ウィルを握っている。

「狼君、リオンちゃんを任せたよ。ちょっとばかし、あの死に損ないに止めを刺してくるからさ」

「ふ、ふふ……無理、だ。如何に君と、いえども……俺に、攻、撃は、通じな、い……」

「いやー、選定者は詰んでるよ。だって、背後からせっちゃんが近付いても、全然気づかないんだもん」

「っ!?」

舞桜が振り返る。確かに、そこには何らかの気配があった。シルヴィアのものではなく、エマのものでもない。同じ勇者だから分かる、同族の気配が。

「ほら、詰んでた。こんなブラフにも引っ掛かるなんてさ」

ドッと、迫っていた何かを片腕で摑み取る。触れた指に感じる鋭い痛み。摑み取っていたのは長剣。セルジュが持っていたウィルと全く同じものが、そこにはあった。

「――抜刀・鷲喰」

舞桜がセルジュの剣を認識したのとほぼ同時に、頭上より舞い降りた刹那が抜刀。舞桜がそれを理解した時には、もう彼女の刀は鞘に収まっていた。だからこそ、もう遅い。

「斬鉄権の行使を完了、これでさよならです」

「ああ、そうだねぇ。選定者、長年のお勤め、お疲れさんだ。今はただ、安らかに逝くと良いよ」

「う、わぁ……変な負け、方、しちゃった、なぁ……」

刹那が放ったのは虎狼流の最終奥義、鷲喰。一太刀を放つ間に自身の全方位、全射程同時に幾百幾千の斬撃を放つ神速の刀だ。気配を消したまま天歩で宙にて息を潜め、タイミ

ングを見計らって成された この抜刀術を、舞桜は無防備にもその身に刻んでしまう。微塵切りと称するには生温い。それこそ一欠けらが極小過ぎて、体内から出でる鮮血に呑まれてしまうほど。次の瞬間、舞桜の体は赤い液体となって飛び散った。

「神の力を得た選定者も、こうなったら流石に死んじゃうか。一応私からも言っておくよ、お疲れ様。……って事で、私達もおっつかれぇ！　せっちゃん！　私が複製したウィルまで巻き込んでくれちゃって〜、このこの！　でも、頗る完璧だったぜ！」

「そこまで頭を回す余裕がなかったんですよ、肘でぐりぐりしないでください……って、それよりも回復！　エマさんとシルヴィアさんを回復してあげてくださいっ！　死んじゃいますよっ！」

「ああ、そうだったそうだった。ま、大丈夫だよ。選定者、ハッピーエンド以外は認めないタイプだったみたいだし、命までは取ってないと思うよ？」

「それでも、ですっ！」

刹那に促されて、渋々といった様子で2人の治療に向かうセルジュ。彼女の言う通り2人には息があり、正しく治療を施せば回復は見込める様子だった。その間に刹那はリオンとゴルディアーナの下に向かい、支給されていたメル印の回復薬を使用する。

「せっちゃん……最後の最後に任せちゃって、本当にごめん……」

「何言ってるの。リオンちゃんは立派にやり遂げたし、リオンちゃんの頑張りがあってこその戦いだったんだから、ちゃんと胸を張って！」

「うー、その言葉は厳禁だよー……」

「へ？」

応急処置が施される最中、リオンは深刻な精神ダメージをなぜか食らっていた。ポカンとする刹那に、アレックスがお手の要領で肩を叩く。

「ウォン……（そっとしておいてあげて……）」

何はともあれ、これで神の使徒の残党は全滅。諸悪の根源であるクロメルと、彼女との因縁を持つケルヴィンの戦いが残されるのみとなった。

第四章 ▼恋焦がれる

――？・？・？

ケルヴィンが食堂の椅子に座ると、周りの風景と雰囲気が一瞬にして変貌した。ガヤガヤと喧騒に包まれる、どこか懐かしい空気のようにも感じられる。今日の漁は大成功だ、あのダンジョンで新たな道が発見されたらしい、喧嘩なら外でやりな！　などと、聞こえてくる話し声はどれも取り留めもない内容ばかりだ。次いでカウンターらしきテーブルが目の前にあるのを見て、自分がカウンター席に座っているのだと認識。向かいには食堂の主らしき者の姿もあるのだが、不思議と顔はぼやけて視認できない。

「って、本当に食堂に転送する奴がいるかよ」

「いますよ、ここに」

呟くようなボヤキに、隣に座る人物が反応する。ケルヴィンの直ぐ隣のカウンターには、綺麗さっぱりに食べた後であろう空き皿が積み重なっており、それらは今現在においても更なる高さを構築しようとしていた。そんなタワーを建造する人物の横顔は、ケルヴィンにとってよく見慣れ、とても親しんだ者のものだ。正確には容姿自体はかなり幼く、髪色も全くの別物ではあるのだが、その食べっぷりは今も健在。メルフィーナの悪しき心の化身、クロメルがそこにはいた。

「ングング……ゴクン。相変わらず良い腕ですね、店主。ご馳走様でした」

「……」

　食事を終えたクロメルが礼を言っても、店主は何も言葉を返そうとしない。それどころか、周りの者達も何の興味も示さない。普通であればこれだけの皿を積まれれば、嫌でも注目は集まるものだというのに。まるでケルヴィンとクロメルだけが、元からこの世界に存在していないかのようだ。

「で、ここは何なんだよ。お前の記憶を基にして、どこかの場面を再現しているとか？」

「フフッ、流石はあなた様。何でもお見通しなのですね。これは私の思い出の再現……尤も、今のあなた様には覚えのない場所でしょうが。でも、よく分かりましたね？　これが現実ではないという事が」

「子供のお前がこんな食い散らかして、全然注目を浴びなきゃ誰でもそう予想するわ。メルフィーナの時も毎回思ってたが、その体のどこにこれだけの料理が入るんだよ……」

　クロメルが積み上げた皿を今一度見て、ケルヴィンは深い溜息を漏らした。今のクロメルの姿は大変幼く、それこそ子供のシュトラと同じくらいと言っても差し支えないだろう。それでも、彼女が口にした料理の量はメルフィーナと並ぶほど。いつも以上にケルヴィンが呆(あき)れてしまうのも無理はない。

「私(クロメル)と私(メルフィーナ)は表裏一体、私(クロメル)が聖槍(せいそう)に封じられた際も、私(メルフィーナ)は2人分の食事を摂取しなくてはならなかったのです。それは私(メルフィーナ)が逆に封じられてしまった今も同様。ならば幼いこんな姿だからって、私(クロメル)が食べない訳にはいかないではありませんか。封印されても、お腹(なか)は空(す)くものなのです」

「そ、そうか……」

　思っていた以上にまともな答えが返ってきてしまい、ケルヴィンは何とも言えない顔をする。同時に、ケルヴィンは酷(ひど)く迷っていた。したり顔なクロメルに対し、たとえ2人分だったとしても、この量はねぇよとツッコむべきかを。迷った挙句、生温かい目で見守る事にした。

「あの、何か失礼な事を考えてません？　何ですか、その視線？」

「前にも言った気がするが、きっと気のせいだ」

「そうですか？　ええ、まあそうでしょうね。これから私達が迎えるは、長年待ち望んだ至福の時間。そんな今になって、おふざけが起こる筈(はず)もありませんから」

「その割に、呼び出した先は食堂なのな。正直、転送先がこれだったのは読んでなかったぞ」

「最初は荘厳な聖堂にお呼びして、オルガンでも弾きながらお出迎えしようとも思ったのですが、何か違うなと感じまして。恐らくあなた様ならば、その椅子を選ぶでしょうしね」

「自己分析がよくできてるじゃないか。確かにお前を思い浮かべたら、聖堂の椅子は絶対選ばない。前世の俺もそうするって、断言できる」

「やっぱり、失礼な事言ってますよね？」

歓談するケルヴィンとクロメルは、傍から見れば仲の良い男女にしか見えない。あくまでも幼い容姿を度外視しての話だが、やはりそれでも、2人はどこまでも恋仲だった。

「……もう、泣かなくても大丈夫なのか？」

「また揚げ足を取りますね。私の涙は以前お会いした際に枯渇しました。心配無用です！それよりも、あなた様も何か食べなくて良いのですか？　これが最後の晩餐になるのですよ？」

「ならないさ。それに、エフィルの手料理で力は付けてきた」

エフィルの用意する食事は文字通り、様々な付与効果をもたらす。もちろん、この場合の意味をクロメルは理解しているが、少しだけ不機嫌そうだ。他の女の話をするな、とでも言いたげである。気を取り直して、クロメルが咳払いを1つ。

「あなた様はこの世界で沢山の方々と出会い、様々な影響を与えてきましたね。楽しんで頂けたようで幸いです」

「ああ、そうだな。転生させてくれた事に感謝してる」

「……あなた様は私の思惑以上に、この世界に影響をもたらしました。あなた様がいなければ今の仲間達はここに集う事はありませんでしたし、それ以前に幸せな人生を歩む事もなかったでしょう。刀哉ら今代の勇者達が正しく魔王討伐をしていれば、トライセンに向かう最中に黒霊騎士、ジェラールは討たれていました。エフィルは火竜王の呪いにより、最悪はろくでもない主に両腕を斬られていたかもしれません。セラだって身の安全は保障されていなかったでしょうし、リオンは転生の機会などなかった。クロトやアレックスなど、誰とも知らぬ冒険者に討伐されていたかも。三竜を生きたまま捕らえようとする者など、あなた様しかおられません。トライセンに対抗すべく迅速に連合軍が結成されなければ、シュトラは洗脳されたまま、悲惨な事の顚末を迎えるところでした。アンジェだってそう、前世の呪縛に囚われたまま、今のような明るさは取り戻せなかった」

「……ああ、そうかもな。けど、そんな未来は訪れなかった」

「これから訪れるのかもしれませんよ？　私との戦いであなた様が敗北すれば、私は神の座に就きます。そうなれば、次に行われるのは『世界転生』。新たな世界の創造です。そこに皆はいません。新たな世界、新たな冒険、新たな仲間――そして、新たな人生が幕を開ける。その次も、来世も、永遠に、私の手の上で」

歓談は終わり。そう言いたいのかクロメルは席を立ち、ケルヴィンに背を向ける。彼女の背には黒き翼が顕現しつつある。

「何だ、クロメルは気が早いな。それもこれも、お楽しみが終わった後の事だろ？　勝手に俺の負けを確定させないでほしいもんだ」

「……本気で勝てるとでも？　前回、あれだけ力の差を見せつけたのに？」

「負けるのが分かって、ノコノコとやって来る俺だと思ってるのか？　こんな盛大な大騒ぎを計画して、あれだけ俺の事を理解してる癖に？」

ケルヴィンの表情に、迷いや恐怖といったものは一切なかった。その瞳に宿るは、勝つのは自分であると本気で信じている強い意志。クロメルはそんなケルヴィンの顔を見て、ほんの少しだけ頬を緩ませる。

「さて、そろそろやりましょうか」

「ああ、やろう。だけどその前に、さ？」

「……？　あ、フフッ。そうですね」

仕切り直し。そうだと言わんばかりに、ケルヴィンは食堂の入り口に向かい、クロメルは改めて店のカウンター席に座り直した。少し高めの椅子で床に届かぬ足を軽く揺らしながら、クロメルは誰かを待っているようである。

「よお、約束通り来たぞ。待ったか？」

「いいえ、私も今来たところです。待っても精々、3分ほどですよ」

そんな彼女に声を掛けるケルヴィン。クロメルは待ち人の来訪に喜び、ひょいっと椅子から飛び降りる。これは何の茶番なのか？　答えは単純、2人がただやりたいだけだ。深い意味はない。

「そっか、じゃあ――」

「はい、思う存分――」

周囲に映し出されていた食堂風景全てに亀裂が走り、偽りの夢世界が崩壊していく。欠片が剝がれ落ちた先にあったのは、いつぞやの巫女の神域だった。誰の邪魔も入らないこの領域にて、2人は色々な意味での満面の笑みを浮かべている。

「――戦おうか！」

「――戦いましょうか！」

――黒女神の神域

俺とクロメルの叫びと共に、食堂風景を映し出していた夢世界が完全に崩壊する。代わりに姿を晒したのは、凄まじい魔力が渦巻くクロメルの空間だった。特性としては以前にも目にした巫女の技と同じようだが、その光景は宇宙に近いものとなっている。幸い酸素はあるようで、真空でもないらしい。透過処理を施した見えない足場も、しっかりと存在している。って事は、わざわざラストバトルに相応しい場所を、クロメルが健気にも頑張って用意してくれたという訳だ。今の幼い姿と相まって、どうしようどうしようと考える、とても微笑ましいところを想像してしまう。

「落胆はさせません。後悔もさせません。私はあなた様にとっての、最高の敵です」

だが実際の今のあいつの姿は、そんな微笑ましいものではない。戦乙女の黒シリーズとも言うべきか、メルの装備をそのまま反転させたような装備を装着し、僅かに形成されつつあった堕天使の黒翼は、今や完全に顕現。幼いあいつの体以上に大きく、雄大にその翼を広げている。漆黒の天使の輪もバチバチと同色の電撃を帯びて、大変攻撃的な見た目と化していた。その意気、とても俺好みである。

「聖槍、起動」

そんな良い女になったクロメルの両端に、見慣れた2本の神の槍が出現する。クロメルの意思によって宙に浮くそれらは、メルの愛槍でもあった聖槍ルミナリィ、そしてエレアリスが所有していた聖槍イクリプスだ。聖なる神の槍という割に、今の聖槍達は瘴気のような黒き禍々しい魔力で溢れている。それがクロメルの魔力にあてられたせいなのかは分からないが、絶対にまともにやりあってはならないと、俺の察知能力が騒ぎに騒いでいる事は分かった。たぶんアレ、触れただけで体が持っていかれる代物だ。

「相変わらず出鱈目な力だな。どこが天井なのか、未だに測れないよ」

「あら、今更卑怯だとでも、泣き言を言うつもりですか？」

「いいや、最高だって撫でくりまわしてやりたい気分だ！」

黒杖を構え、魔力を練る。あれだけの力を、先んじてクロメルが見せてくれたんだ。俺も相応に返してやらなければ。ああ、胸が躍る。

「――風神脚・Ⅴ」

　俺の全身に途轍もない負荷が掛かる。が、それも俺の耐久なら問題なく耐えられる範疇。軋む痛みはより五感を研ぎ澄まし、俺を興奮させてくれる。何ら問題はない。

「……魔力超過、ですか」

「ご名答。お前がよく知っている通り、俺はＭＰだけは馬鹿みたいにあるからな。埋められない差は、これで無理矢理埋めさせてもらう」

　これまでは効果時間と安定性に難があり、Ⅳまでが使用限界だった『魔力超過』。光竜王ムドファラク、土竜王ダハク、風竜王フロムの加護を得た今において、俺は更なる限界突破を可能とした。Ⅴともなれば、魔法１つに５０００近いＭＰを消費する、メルフィーナやクロメルにも負けない大飯食らいと化してしまう。けどな、食費という甚大な代償を捧げる事で、こいつは俺をクロメルのいる領域へと手を届かせてくれるんだ。

「確かに理に適ったやり方です。ただ、少し無謀とも言えますね。加護を得て調整を施したんでしょうが、それは辛うじて保たれたバランスです。強力であるが故に適用時間が短い事に変わりはなく、それが切れた一瞬の隙が、あなた様の命を落とす原因に成り得ますよ？」

「試してみるか？　御託を並べるのも、そろそろ飽きただろ？」

「……そうですね、そうすると致しましょうか」

互いを見詰め合う、僅かな時間が生まれる。だが、そんな静寂は一瞬の事。次に瞬きをする頃には、クロメルは視界から消えるだろう。だから、俺からあいつの懐に入り込む。その間に杖には大風魔神鎌、足には追加で飛翔を高速展開。速度にしてアンジェの2倍ほどのスピードとなった俺は、クロメルの顔を間近で見る事に成功した。そして思い知る。クロメルの瞳が寸分違わずに、駆け寄る俺を追っている事に。

クロメルの傍に控え、先ほどまで俺が立っていた位置に矛先を向けていた2本の聖槍が反転。俺がクロメルへ迫るのを追尾するが如く、ルミナリィとイクリプスもまた俺を捕捉しているようだった。こいつらを操作するのは当然クロメルだ。要するにクロメルは俺を見失うどころか、無理して出してるこのスピードを完全に見切ってやがった。

（抱擁が御望みですか？）

とでも言いたげな幼い姿にはあるまじき色気が、クロメルの口元に表れていた。しかし、そんなものに惑わされている時間はない。尖らせていた感覚機能は両脇より槍が放たれたのを逸早く察知、助走代わりとなったスピードを活かして前傾姿勢となり、頭部を狙ったこれを躱す。頭上を聖槍が通り過ぎた際の風圧と魔力の残滓で再確認。これ、エフィルの蒼炎よりもやばい。やはり攻撃面も5桁クラスか。

「なかなかの速さですね！　それにあなた様自身も、その速度をコントロールしつつあるっ！」

避けたついでに放った大鎌での横殴り。全く意に介さない様子でヒラリと回避し、クロメルは称賛の言葉を口にした。余裕綽々、だが追えない速度ではない。クロメルが俺を捉えているように、俺もクロメルを捉えている。アンジェに風神脚を施して鍛えた俺の認識力は、並列思考を通じてしっかりと高められている。

「この野郎、絶対追い付いてやる……！」

「うふふ、こちらですよ！」

空中から空中へと駆け回る追跡劇。台詞だけ鑑みれば恋人同士の追い掛けっこに聞こえなくもないが、決してそんなラブロマンスに満ちたものではない。不敵に笑うクロメルに大鎌で斬撃を飛ばしながら俺が追い、そんな俺に対しても不規則な軌道で動く2本の聖槍が、凄まじい勢いで追撃を仕掛けてくるのだ。死に物狂いで付いて行き、追い付かれたら死が待つ耐久レースのようなもの。この数秒だけで、無限に広がっているような空間を何周もしている気分になってくる。但し、クロメルにとっては最初の意味で合っているのかもしれない。表面に浮かべているだけの表情の中に、楽しいとか嬉しいという感情が見え隠れしている。

「お前、何か俺よりも楽しんでないかっ!?」

「……」

そこで黙るなよ！　これじゃあ、どっちが戦闘を楽しんでいるのか、分かったもんじゃないぞ。戦いに命を懸ける者として、こんなところでは負けていられない。

「剛黒の監獄(アダマンペガト)・Ｖ(ペンタ)×２！」

高速移動するクロメルと聖槍に仕掛けるは、四方を囲む黒塗りの鉄格子。剛黒の城塞(アダマンフォートレス)に似た魔法だが、こちらは檻としての機能に特化させたものだ。生成する形状に融通が利かず、ペンションタイプだとか砦タイプだとか、そんな洒落たものを造る事はできない。兎にも角にも即行性と耐久性を重視した、獲物を捕らえる為の監獄である。そんな剛黒の監獄(アダマンペガト)を魔力超過で底上げしてやれば、透過されない限りはスピードアップを施したアンジェだって捕まえる事ができる展開力を誇り、ジェラールの怪力を以ってしても破壊不可能な強度を持つようになるのだ。

「あらっ?」

それはクロメルだって例外ではない。俺を追っていた聖槍だってそうだ。如何に標的となる体が小さくて速かろうが、この魔法ならば檻の中に閉じ込める事が十分に可能。現にクロメルは、漆黒の檻の中に封じ込められている。

「あなた様、そろそろ私も魔法を使って良いですよね？――失墜の闇水(ディファイルクライム)」

とても機嫌の良さそうな声が聞こえたかと思えば、墨のように真っ黒な水が鉄格子の隙間から次々と溢れ始めた。

◇　◇　◇

溢れ出る液体の量は夥(おびただ)しく、牢(ろう)の隙間から絶えず流れていた。通常の水よりもドロリとした質感は、泥を多分に含んだ濁り水のようにも見える。真っ黒な色合いと相まって、透明な飲料水とは真逆の性質を呈していた。そんな泥水のあまりの量に、それ以上近づく事を躊躇(ためら)ってしまう。牢から放出され不可視の床へと滴る事で、徐々にこの空間を侵食しているようにも思えたんだ。

「メルフィーナが使う魔法じゃないな。それ、お前のオリジナルか？」

「愚問ですね。そもそも、私(クロメル)と私(メルフィーナ)では扱う魔法は異なるのです」

これだけの水が出ようとも、内部にいるクロメルは普通に喋(しゃべ)る事ができるらしい。自分の魔法なのだから、当然といえば当然だ。但し、あの魔法の特性については、鑑定眼を用いても有用な情報が全く取り出せない。これまで目にしてきた魔法とは、根底から何かが違う。分かったのはそれくらいだ。

「あなた様がよくご存知なのは、白魔法と青魔法を会得した私(メルフィーナ)ですね？　輝かしい光と生命の源である水を操る、実に女神らしい力であるといえます」

「そういうお前の魔法は、どう見たって光っぽくはないな」

「ええ、私(クロメル)が司(つかさど)るは黒魔法と青魔法ですから。それも、この失墜の闇水(ディファイルクライム)は闇と水の２つの属性を掛け合わせて創造したもの。いつか、あなた様の風とエフィルの炎で合体魔法なるものを作っていたではありませんか。確か……　そう、暖風(ドライヤー)と名付けていましたね。これはその合体魔法の究極形とも呼べるものです」

「ハハッ、大層な自信じゃないか。わざわざ教えてくれて、ありがとよ」

暖風(ドライヤー)だなんて、また懐かしいものを引き合いに出してきたもんだ。アレは２つの魔法を加減して使って、何とか家電製品代わりにしたに過ぎない。合体魔法とは名ばかりで、完璧に２つの属性を融合させている訳じゃなかった。

対してクロメルのあの魔法は、合体魔法と正しく評価できる完成度を誇っている。２つの魔法を唱えた後に無理矢理合わせたのではなく、２属性の性質を元から持つ魔法を生み出したんだ。これは今の俺にだってできない事であり、それがどれだけの効力を発揮するのか、正直想像する事ができない。

――ギギギギギ……！

異常が発生したのは、俺とクロメルのちょっとした会話の直後の事。クロメルを閉じ込めた剛黒の監獄（アダマンペガト）が、内部より引き裂かれるようにして歪（ゆが）んでいったのだ。鉄格子の隙間より見えたのは、小さな小さな指だった。黒髪や黒翼とは正反対な純白、か弱さを象徴するようなクロメルの指が、俺の魔力の限りを尽くした監獄を押し曲げる。粘土遊びをするが如く、或（ある）いは子供が無邪気に玩具（おもちゃ）を破壊するが如く——ひしゃげた牢の中から、クロメルの姿が見え始めていた。

無理矢理に開けられた隙間からは、黒の水が更に勢いを強めて流れ出（い）でた。監獄の目玉から流れる涙とでも呼ぼうか。しかしながら、その渦中にいるクロメルは全く汚れない。ただただクロメル以外のものを、全く別のものへと染めているようにも思える。あの鉄格子は単純な馬鹿力だとか、そんなもので破壊できるものではないんだが。

「あなた様とこうして向かい合いますと、ついついお喋りをしてしまいたくなりますね」

視線を交わすと、クロメルが本当に楽しそうにそんな事を言い出した。好きな子に悪戯（いたずら）を仕掛ける、幼い子供みたいだ。但しこの場合、男女の立場は逆転してるけど。

「この失墜の闇水（ディファイルクライム）には触れない方が身の為ですよ」

「ああ、もう見た目だけでそうだって分かるよ」

あの水に触れさせた後に牢を破ったという事は、水に何らかの効果があるのは明白だ。幸い聖槍を閉じ込めた檻の方は、内部からガンガンと物理的な反抗をされるに止（とど）まっている。時間を掛ければ突破されるだろうが、あの黒水に触れさせない限りはまだまだ持つだろう。

「では、改めて参りましょうか。終焉の象徴」

「――っ!?」

なんて事を考えているのも束の間、クロメルの次なる魔法詠唱が開始される。今度は散々放出していた黒水が、幾本もの触手のような形状となって動き出しやがった。

「その黒い水が襲い掛かって来るのは、まあ予想通りだけどさ……その形はどうなんだよ？」

「より恐怖感が増すでしょう？」

クロメルがニッコリと微笑み、それを合図に触手達が俺のいる空中へと舞い上がる。最早全面が泥水で満たされた床から、クロメルが腰掛ける牢の残骸から、またそこから今も流れ出ている真新しい黒水からも、この一瞬で生理的に受け付けない形状をした者達が生み出され、蠢いているのが目に入ってしまう。率直に言って、見ただけで精神が削がれる。

触手のスピードは速く、クロメルとまではいかなくとも素のアンジェ以上に俊敏。数字にして5桁に届くか届くまいか、といったところか。このまま聖槍を閉じ込めたもう1つの牢に触れさせては、クロメルと同様にこじ開けられてしまうだろう。それはそれで癪に障る話なので、阻止する為に行動させてもらう。

粘風反護壁（リヴェカウンターガム）・V（ペンタ）を檻の周囲に更に展開、それと飛翔（フライ）を施してやり——蹴る！　聖槍と檻を包み込んだこいつをゴムまりに見立て、どこまで広がっているのかも分からない真上に向かって、思いっ切り蹴り上げてやる。真下の触手地獄の近くにいるよりかは、多少は安全ってものだろう。どこまでも飛んで行くといい、神の槍（やり）達よ。

「あなた様、人の得物を粗末に扱わないでくださいませんか？」

「足癖が悪いんだよ。お前の寝相ほどじゃないけどなっ！」

「ま、まあ……！」

なぜか少し照れてる様子が見受けられるが、残念な事に俺はそれどころじゃない。聖槍入りの檻を飛ばした次は、いよいよ俺の番。うじゃうじゃと俺を狙う触手の猛撃が、ちゃっかりと既に始まっていたのだ。それらの攻撃を躱しに躱し、隙を見て重風圧（エアプレッシャー）・V（ペンタ）を叩（たた）き込んでやる。効果は一応あるようで、触手達は怯（ひる）んでくれた。が、この感覚は——

「VV（ペンタペンタ）と、そんなに連発してよろしいのですか？　先ほどの障壁にも使っていましたよね？　いくらあなた様が魔力馬鹿だといっても、そろそろ枯渇する頃なのでは？」

あくまでも雑談にも興じるクロメル。俺にそんな余裕はなく、大鎌による斬撃で遠距離から迫る触手を切り刻むのを優先させる。いつの間にかこの触手群、重風圧（エアプレッシャー）による押し潰しにも適応しつつあったのだ。いや、触手ではなく、俺の魔法の方が変化しているのか？

「キャッチボールもできないほどにお悩みのようですので、教えて差し上げましょうか。

失墜の闇水（ディファイルクライム）に触れたものは、それが生物であれ、物体であれ、魔法であれ、何であろうとその能力値や威力を、この世界の最低値にまで改変させてしまうのです。つまりですね、あなた様がいくら魔力超過でⅣ（クアッド）だのⅤ（ペンタ）だのと底上げを施そうとも、全くの無意味——」

「——剿滅の罰光（ディザスターレイ）・Ⅵ（ヘキサ）！」

「っ！」

高説を垂れるクロメルに対し、どこかの勇者譲りの魔法攻撃を食わらしてやる。魔力超過の度合いももう一段階上げて、燃費最悪なⅥ（ヘキサ）だ。その分の威力と速度は言わずもがな。クロメルは周囲の触手で護（まも）りを固めるも、解き放たれた極大レーザーにそれごと薙（な）ぎ払われるのを察して、座していた牢から飛び退（の）いた。しかし逃げるのが遅れたが為に、僅かに俺の魔法がクロメルに頬に掠（かす）る。

「何だ、ちゃんと通じるじゃないか。攻撃」

「良いです、とても良いですね、あなた様……！」

焼け焦げた頬に手を当てて、クロメルは口端を吊（つ）り上げる。たぶん、俺も同じ表情を作っていた。

今日一番の朗報だ。俺の攻撃はクロメルに通用する。あの黒い水と触手は恐ろしい事に、触れたものを最低のところにまで劣化させる力を備えている。自信たっぷりに、クロメル自らの口でそう言い放ったんだ。恐らくは嘘偽りない、本当の事なんだろう。だが、その力が作用するのは瞬間的にではない。散々強化を施して威力と速度を上げた剿滅の罰光が、クロメルへと届いた事――それが確固たる証拠だ。能力によって劣化するよりも速くに攻撃を終わらせ、もしくは触手に触れたとしても直ぐに離脱できれば、攻防どちらにおいても脅威を排除する事が可能だ。怖いのはじわじわと下がってしまう場合だが、これもまあ、努力と工夫で何とかなる。つうか、何とかしないと俺が負ける。

「ここにきて尚、魔力超過を過度に施すその姿勢――流石としか言いようがありません！　同時に謎です、大いに謎です！　あなた様の魔力が尽きぬ理由、解き明かしたいものですっ！」

それまで接近を良しとしなかったクロメルが方針を一転、笑いながら猛スピードで俺に迫る。その手には武器らしきものはなく、素手。だが周りには、未だ触手の群れが健在だ。油断は禁物、されど楽しんで行こうかっ！

「さっき能力をご教授してくれた礼だ、教えてやってもいいぞっ！」

「あら、それならばお伺いしたいものですね！」

クロメルの飛び蹴り、容赦のない拳を杖で受け止めながら、会話を弾ませる。麗しの女神様は槍や魔法を主体としているイメージが強いが、肉弾戦だってお手の物だ。Ｓ級魔法を扱う修行をした際、メルフィーナより膝十字など数々の関節技を受けた俺が断言してやる。普通に何の遠慮も配慮もなく折りにくるぞ、こいつは。白いメルだってそうだったんだから、黒いメルだってそうに決まっているのだ！　それでも吐いた言葉は戻せないので、会話は止められない！

「俺が装備する悪食の籠手(スキルイーター)、その力は知ってるか？」

「もちろん！　私がどれほど近くで、あなた様を見続けていたとお思いですか!?　触れた者のスキルをコピーし、自らのものとして使用を可能とする籠手(こて)ですっ！　スロットは左右それぞれに1つずつ！」

躱(かわ)した触手をクロメルが蹴り上げ、無理矢理にその軌道を俺の方向へと修正される。何でもありだなと感心しつつも、このままでは当たってしまう未来を察知。手っ取り早く衝撃(インパクト)で弾(はじ)き返す。

「ああ、それこそが悪食の籠手(スキルイーター)の能力だ！　で、肝心のコピーしたスキルなんだけどな、試行錯誤の結果『大食い』を持参する事にしたよ！　これでお揃(そろ)いだな、おい！」

「お揃――！　い、いえ、それよりも、まさかそのスキルで……？」

「そう、メルフィーナが得意としていたＭＰ回復薬の一気飲みだ！」

言っておくが、俺は全くふざけていない。寧(むし)ろクロメルとの戦いを真剣に考え想定し、導き出した結果がこれなのだ。クロトの保管に前々から溜め込んでいたメル印の最高級回復薬、これを飲めばＭＰ最大値まで魔力を回復させる事ができる。回復薬唯一のネックであった容量の多さも、このスキルがあれば一挙に解決。大食いが固体だけでなく、液体にも適用される事はメルの食事風景で実証済み。要はこの戦いにおいて、俺は無制限に魔力を回復する事ができる！

「クロメルとの戦いで、メルの力はどうしても活用したかった。思惑通りに事が進んで安心したよ」

「大食いを力の代名詞のように扱われるのは少々不服ですが、一先ずは納得致しましょう。なるほど、そう来ましたか……ですが、私の義体が所持していたスキルは、全て私が頂戴した筈です。その大食いのスキル、どこからコピーしたのですか？」

「今お前が言ったじゃないか。メルのスキルがお前に渡ったのなら、そこからコピーし直せば良いだけの話だろ？」

「……いつの間に触れられたのやら。人知れず私に触れるとは、あなた様は相変わらずエッチですね」

「そっち方向の目的じゃないから！　不服を申し立てる！」

実際のところ、直接触れなくとも魔力さえ介してしまえば、スキルをコピーする事は可能だった。幻想食堂で隣に座った時、牢獄に閉じ込めた時など、チャンスは結構あったのだ。今、悪食の籠手（スキルイーター）が宿している大食いはクロメルのものだが、もしもの際はクロトが新たに会得した大食いからコピーさせてもらう代替手段も用意しておいた。準備は入念に、それでも元々メルフィーナのものであった大食いで対抗したい気持ちもあって、コピーが成功した時は思わずガッツポーズをしてしまうところだったよ。

「まあいい。って事でお前の大食い、大いに活用させてもらってるよ。冤罪（えんざい）が晴れたところで、そろそろ続きといこうか！」

「晴れてませんよ？」

「……続きといこうか！」

「この姿だと、より犯罪度が増しますよ？」

これから俺を殺して世界をも転生させようとしているお前が、何でそこまで粘るかなぁ。いや、この会話さえをも楽しんでるってのは、クロメルの顔を見れば分かるけど。

「――さて、乙女の純情を弄んでくれたあなた様には、きついお灸（きゅう）が必要ですね」

お灸と言うか、現在進行形で触手の攻撃は続けてるじゃん。もっと言えば、俺が魔力のネタばらしをしている最中にも、触手の攻撃止めてなかったじゃん。

「致命傷の体現（デッドエンド）」

新たに生まれた触手の一部が、クロメルへと集まっていく。その小さな手足に集結したかと思えば、後続の触手が更に押し寄せてミシミシと圧迫。密度をより高めるように凝縮、或いは融合して混ざり合うように——うん、ただこうして触手の攻撃を避けながら、クロメルを待つのも失礼だよな。大鎌による斬撃を、容赦なくクロメルに飛ばしてやる。

「お着換え中に粗相とは、やはり確信犯ですね。あなた様？」

クロメルは何食わぬ顔で振り向き、ついでとばかりにその手で斬撃を弾いた。……弾いた？　おいおい、今の斬撃は曲がりなりにも大風魔神鎌（ボレアスデスサイズ）のものだぞ。相手がどんなモンスター、たとえそれが神だとしても、問答無用でぶった斬る斬撃だ。それをお前、手で弾くってお前。

「私に対してはいくらやっても構いませんが、他の女性に行ってはなりませんよ。そうなると私が不快ですし、要らぬ勘違いや嫉妬、罪の原因となってしまいますから。あら、もう表情を取り繕おうともしないのですね？」

「お前が俺の予想を簡単に超えてくれるからだよ……！」

あいつの手足が真っ黒に染まっている。セラやベルが使う魔法にも似ているが、こちらは腕や脚が変形している訳ではない。白かった手足の肌が、ただただ黒に染まっているのだ。

触手を押し固める事で、その能力を自身の手足に付与したのか？　恐らくは、そんな甘い仕様で収まってはいないだろう。能力を凝縮する事で、より強力に、より即効性の力となって仕上がっている筈だ。大鎌の斬撃に触れるあの一瞬で威力と速度と特性を劣化させ、そのまま薙ぎ払う。考えられるとすれば、そんなところだろうか。

……うーん。考えれば考えるほどに、対処の仕様がなくなってくる。クロメルのスピードで迫られて、あの手足で格闘戦を強いられる？　どんな無茶振りって話だよ、最高だ！

「呆けている場合ですか？」

「違う、猛ってんだよ！」

不規則な軌道を描いての、クロメルの打撃が降り注ぐ。回避は不可能、そもそも防御する事も危険だが、これら全てを防ぐ事自体が困難を極める。選択を誤れば、間違いなく死ぬだろう。

『少し早いが、もったいぶる暇もないかっ！　クロトっ！』

この世界で最も共に過ごした仲間、そして新たに生まれ変わったクロトが、俺が纏った黒ローブより顔を出した。

この世界に目覚め、記憶をなくした俺が最初に仲間にしたのがクロトだ。あの頃のクロトはブルースライムという種族で、今のステータスからは想像もできないだろうが、パーズ周辺に出現する一般的なモンスターとそう変わりない存在だったっけ。おぼつかない召

喚術で何とか仲間にして、それから暫く一緒に活動して、いつしかクロトは進化した。

　スライムの進化先は多岐に亘り、どんな種族になるのかはメルフィーナも分からないと言っていた。ブルースライムより現在の種族であるスライム・グラトニアとなり、固有スキルを得たクロトは更に頼れる仲間に成長。今となってもクロトがどうしてこの種族になったのかは、分からないままだ。

　最も早くに仲間になり、最も早くに進化したクロト。ただそれ以降は特に進化をする事はなく、ジェラールやアレックスが何度か進化を重ねる間も、基本的にレベル上げと暴食によるステータスアップが強化の主となっていた。ある時に俺は、クロトの進化はここで打ち止めなのではないか？　なんて、そんな考えをした事があった。スライム・グラトニアへはあれほど早期に進化したというのに、幾らレベルを上げて強敵を食べさせても、一向にこれ以上の進化をする気配がなかったからだ。だけど、そんな考えは直ぐに捨てる事にした。

　神であるメルフィーナでさえ分からないのに、俺なんかが悩んだところで仕方がないだろ？　人なんてレベル１００を超さないと進化は起こらなかったし、ダハクら竜ズに至っては竜王に勝利する事が条件という、かなり特殊なものだった。何が進化のトリガーになるのか、前例がない限りは予想もあったもんじゃない。が、決して道が断たれた訳ではないんだ。俺達がすべき事は、今できる事を全うする事。それが進化に通じていれば儲けもん、その程度の認識に留める事にしたんだ。

　但し、進化の可能性は意外なところに落ちているもので、俺達は意図せずその可能性と遭遇する事となる。それはクロトの保管内に溜め込んでいる、アイテム武具その他諸々の点検作業をしている時の事だった。広大かつ外部からの目が届かない屋敷の地下修練場にて、俺はクロトが順々に取り出したものを確認しては戻し、確認しては戻しという作業を繰り返していたのだが――

「ん？　これって、確かガウンで手に入れた……」

　コロリと床に転がったのは、黄金色に輝く拳大の魔力宝石。ガウンの神獣の岩窟で、神獣ディアマンテの仮面から剥ぎ取ったものだ。その時は何かに活用しようと目論んではいたが、結局使わず保管に入れっ放しの状態になっていたんだ。

「久し振りに見たけど、やっぱ見事なもんだよなー。クロトもこれ以上に質の良い魔力宝石は、流石に見た事がないだろ？」

　頻りに頷くような仕草を見せるクロト。それと同時にもっと近くで見たいのか、スライムの体から手を伸ばして来た。

「はいよ、じっくり見てくれ。しっかし、こいつを活用して何かの装備に役立てられないものかな？　ジェラールの盾に使うには脆い気がするし、エフィルはもう形見の宝石を使ってるし。うーん……うん？　クロト？」

ふと、魔力宝石を受け取ったクロトを見る。なぜだか、ちょっとした違和感を感じたんだ。そのスライム状の体をプルプルと震わせ、俺の声掛けに反応を示してくれない。意思疎通を通じて、クロトの中で感情が渦巻いているのが伝わってくる。ああ、俺はこの現象を知っているし、直接目にした事があった。

「まさか、進化の最中……？」

思い起こされるは、クロトが初めて進化した時の光景だ。あの時は魔力体の状態ではあったが、メルフィーナが傍にいてくれて、冷静になるよう落ち着かせてくれたっけ。冷静に、冷静に。……ハラハラ。

クロトの周りをウロウロと見守りながら歩き回り、8周目に突入しようとしていたその時、遂に変化は起こった。クロトの全身が、一気に輝き出したのだ。余りに眩過ぎて、思わず手で光を遮ってしまいそうになる。が、それだけは何とか堪えた。今のクロトの姿を、この目に焼き付けておきたかったんだ。長らく世話になった、スライム・グラトニアとしてのクロトを。

「……クロト？」

光が徐々に収まり出し、恐らくは進化を終えたであろうクロトが、新たなるシルエットを覗かせる。

「クロト、お前――」

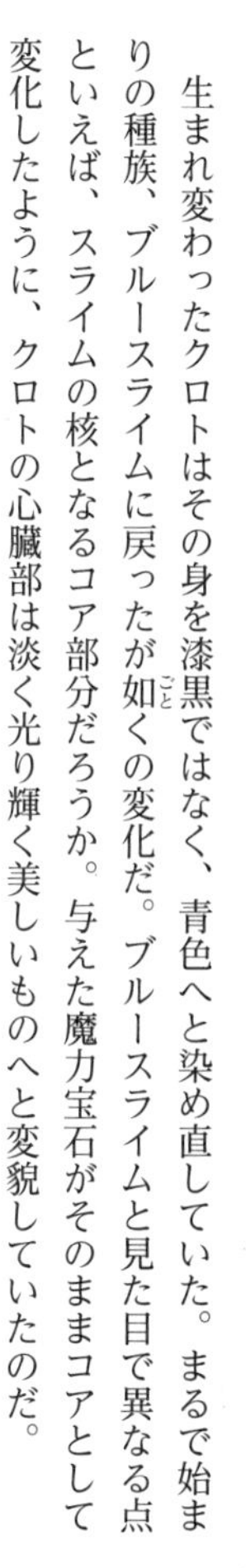

　生まれ変わったクロトはその身を漆黒ではなく、青色へと染め直していた。まるで始まりの種族、ブルースライムに戻ったが如(ごと)くの変化だ。ブルースライムと見た目で異なる点といえば、スライムの核となるコア部分だろうか。与えた魔力宝石がそのままコアとして変化したように、クロトの心臓部は淡く光り輝く美しいものへと変貌していたのだ。

　こうして見ると、容姿の変化についてインパクトは少ないかもしれない。が、何よりもの変化はやはり中身。その能力は以前とは比較にならず、こうしてクロメルの表情に驚きの色を与えている。

「――何ですか、それは？」

「何かとはつれない奴(やつ)だな。お前もよく知ってるだろ？　クロトだよ」

　クロメルが放った攻撃に次ぐ攻撃。それらは全て、俺の懐から飛び出たクロトが防ぎ切っていた。突き出たクロトのスライム状の体がクロメルの拳と交わり、俺へと攻撃を届かせる前に威力を殺す。今更ながら、打撃無効とは強力なスキルだ。俺も覚えられるものなら覚えたかったが、会得可能なスキル欄に載ってなかったんだよなぁ。他の仲間達も会得できなかったし、スライム特有の能力なんだろう。実に惜しい。

「なるほど、打撃の無効化ですか。ですが、少しばかり迂闊ですね。私の致命傷の体現は、耐性であろうと劣化させるのですよ？　いくら進化してステータスを上げたところで、全ての努力が無に帰します」

「そうか？　帰すどころかやる気満々だぞ？」

今もクロメルの拳を受け止めているクロトであるが、その力が衰える様子は一向にない。それどころか、意思疎通を通じて「やってやるで！」と、ボルテージを上げている。ついでに『吸収』も発動させている。

「んん……？」

これにはクロメルも不審に思ったのか、摑まえられた拳を振り払って距離を置いた。そして、自分の手足に視線を落とす。なぜ劣化の力が通じないのか、全く理解できていない様子だ。安心してほしい。クロメルの劣化の力は正常に働いているし、解除もされていない。ただ、クロトには通じないだけの話だ。

「……クロトの力ですか？」

「さあ、どうだろうな？　さっき1つネタばらしをしたばっかりだし、これ以上ヒントや答えを教えてやるつもりはないよ」

「なるほど、愚問でしたね。これは失礼しました」

頭上より、閉じ込めていた聖槍2本が舞い降りる。上空に逃がしていた牢が突破されたか。クロメルの本領発揮は恐らくはここから。だけどな、俺だって本業は召喚士だ。こっからは、頼りになる相棒と2人掛かりで戦わせてもらう。

クロト　0歳　性別なし　ディユ・マーレ
レベル：198
称号　：常闇
HP　：8496／8496（＋100）
MP　：9044／9044（＋100）
筋力　：7304（＋100）
耐久　：6702（＋100）
敏捷（びんしょう）：6318（＋100）
魔力　：5839（＋100）
幸運　：5330（＋100）
スキル：暴食（固有スキル）
　　　　絶対不変（固有スキル）
　　　　装甲（S級）

自然治癒（S級）
金属化（S級）
吸収（S級）
柔軟（S級）
分裂（S級）
解体（S級）
保管（S級）
大食い（S級）
消化（S級）
打撃無効
全属性耐性
補助効果：召喚術／魔力供給（S級）
隠蔽（S級）

◇　◇　◇

ディユ・マーレこと、クロトが進化に際して新たに会得したスキルは『絶対不変』。その特性はクロトを害する状態異常やステータス減少効果を無効化するという、妨害系能力に対する究極の天敵とも呼べるものだった。例えばセラが扱う黒魔法には、折れた剣（ソードブレイク）や腐食する鎧（アーマーケロウド）など、特定のステータスを一時的に減少させる効果があるのだが、これらがクロトには一切通用しない。それ以外にも猛毒によるHP減少、感電による麻痺（まひ）の類も同様だ。クロメルの劣化攻撃もその例外ではなく、こうしていくら触れようともその力が発揮される事はない。

「ハァッ！」

「ぐうっ！」

クロメルは両手に聖槍を携え、致命傷の体現（デッドエンド）とかいう劣化能力を付加させている。今や神の愛槍（あいそう）は真っ黒に染まり、神聖さは微塵（みじん）も感じられない状態となっていた。しかしながらその威力は、間違いなく見た目以上に邪悪であり、素手で攻撃を仕掛けて来た時よりも圧が凄（すさ）まじい。まだ触れてはいないが、あの黒槍（やり）の切れ味も馬鹿みたいに鋭いんだろう。流石（さすが）のクロトも、斬撃までは無効化する事はできない。

「フフッ、私にルミナリィとイクリプスを握らせて、まだ対抗しますかっ！　想定以上、いいえ、それでこそ私のあなた様っ！」

「勝手に私物化しないでくれるか!?　その論法だと、お前は俺のものになっちまうぞ！」

「それはむしろ、望むところですよ！」

その上でこうして粘っていられるのは、俺とクロトの連携が上手く機能しているからだ。意思疎通、並列思考を繋ぎ合わせ、攻撃面と防御面をクロトと役割分担。そうする事で俺の負担は大分軽減され、クロメルを相手しながら視覚の外から迫る触手にも対応できるようになっていた。頭で考えるというよりも、互いの思考を感じ取って、流れに任せて自然と体を動かしている感覚に近いかもしれない。

クロトの絶対不変の力で更に特筆すべきは、害ではないと認識される補助魔法は普通に受け入れてくれる事だろう。もっと言えば同じパーティ内の仲間限定ではあるのだが、俺の風神脚などは適用されるのだ。俺の耐久値で結構なガタがくる魔力超過で強化しても、今のクロトならば何の問題もなく使いこなしてくれる。俺とクロトがタッグを組めば、本気で攻撃を打ち込んでくるクロメルにも引けを取らず、真っ向からやりあえる。

加えてクロトは俺のローブの下にも体を薄くして潜んでおり、最終防衛機構としての役割も担っていた。先に述べた打撃の無効化だけでなく、大抵の近接攻撃を弾く『装甲』や全属性を軽減する『全属性耐性』、状況に応じた金属に変化する事ができる『金属化』、それでいて『柔軟』であり、破損したとしても超スピードで『自然治癒』する。要は最強の鎧を着込んでいると同義なのだ。本当に頼りになる相棒である。

「泡沫の違和」

「っ！」

　黒の聖槍をクロトが横殴りに弾いた際、クロメルが呟（つぶや）くように言い放った魔法を俺は聞き逃さなかった。衝撃（インパクト）による吹き飛ばしと、絶崖黒城壁（アダマンランパート）による即席の防御壁を同時展開。もちろん、これらも魔力超過の強化を施す事を忘れない。俺自身も背後に飛ぶ。

　飛んだ瞬間、生成したばかりの壁が崩壊した。眼前に広がるは、無数の小さな小さな泡（あぶく）。それらが増殖に増殖を繰り返し、前へ前へと膨れ上がっている。かと思えば、壁に接触した泡は弾け、ごく狭い範囲の接触物を巻き込んで消えて行った。まるで消える寸前に、自身を取り巻くもの達（たち）を食い散らかしているようだ。1つ1つの範囲は狭いが、前述の通り泡の数は膨大。消える泡よりも増殖する泡の方が多い為（ため）、必然こいつらが占める領域もドンドン拡大されていく。

「ったく、クロトに対抗してるつもりかよっ！」

　何であろうと口にするその様は、クロトの暴食を彷彿（ほうふつ）とさせる。但しこちらはマナーもクソもなく、食べる事しか考えていないようだが。平時であれば、クロトは意外と上品に食べるんだぞ！

「いんや、クロトってよりはお前似かっ！」

「どういう意味ですかっ!?」

　ご想像にお任せする。しかし、俺の防壁を容易に一飲みにしている辺り、アレを食らえばクロトといえども無事には済みそうにない。劣化の力が通じなければ、耐久ガン無視の高火力で、って判断か？　泡の向こうでは、更に禍々（まがまが）しい魔力の流れが感じられる。泡（これ）に時間をかけ過ぎると、色々と手遅れになるような気がする。

『クロト、周りの細かい処理は任せる。アレを一掃するのに、ちょっとばかし集中させてくれ』

早飲みした回復薬の瓶を前に投げつけ、完全回復した魔力を即座に振り絞る。集束先は黒杖（こくじょう）の先、大鎌の刃に当たる部分だ。迫る泡が空瓶に触れた刹那、溜（た）めに溜めた魔力を解放する。

「大風魔神鎌（ボレアスデスサイズ）・Ⅵ（ヘキサ）ぁ！」

俺の人生において、最も魔力を吐き出した瞬間だった。巨大化してその形状を保つのもやっとな大鎌から、極大の斬撃が放たれたのだ。尚（なお）も増殖を続けようとする泡を丸ごと射程範囲に収め、触れて弾けようと食らわれようと、斬撃はお構いなしに全てを断ち切り前進する。これならあの方舟（はこぶね）も両断できたかもな、なんて事を並列思考の片隅で思い浮かべながら、俺とクロトも斬撃の後に続く。目指す先はただ1つ、クロメルの喉元だ。

やがて、斬撃はクロメルの下にまで届いていた。黒き聖槍を交差させながら、クロメルが斬撃を受け止める。あいつの表情は今も変わらない。俺と同じそれだ。

「よく御覧になってくださいね！　あなた様の本気を受け止められるのは、私だけなのですからっ！」

丹精込めて作った俺の一撃を、クロメルは笑いながら吹き飛ばす。いくら瞬間的な劣化が有効とはいえ、こうも簡単に無効化されるとショックである。だがまあ、ここまでは想定通り。

「随分と大振りだったじゃないか？　実際結構辛かっただろ？」

斬撃を蹴散らしたクロメルは、クロスさせた聖槍を大きく振り抜いた格好となっている。そうしなければ劣化が間に合わなかったと、都合よく解釈。何であれ、これは大きな隙だ。斬撃を追い掛け前進していた俺は、そんなクロメルの目の前にいる。

「――ええ、想定通りです。聖滅形態へ移行。魔力、装填」

げっ!?　と、思わず声を漏らしそうになる。クロメルが払った筈の聖槍が、もう切り返しの段階に入っていたのだ。槍先に見えるは黒き光の塊、メルが使っていた極大ビームの前兆だ。あいつはそれで魔王ゼルをプロポーズと共に消失させていたが、まさかそれをぶっ放した上で、薙ぎ払うつもりなのか？

「聖滅する双黒の極光！」

褒めて欲しくて堪らない、そんな表情をするクロメル。そんな対面する敵の顔を見て、俺は確信する。こいつならやる、と。現に、もう神の光はぶっ放されていた。クロメルの黒翼が最大限に開かれ、それと同時に両サイドから迫るは神代の超兵器。周囲に自生していた触手も関係なしに、全てを黒き光で呑(の)み込んでいく。俺を挟み込むようにして接近する極大ビームは、俺視点だと世界の終わりにしか見えない。

『……クロト、こんな俺によくここまで付き合ってくれたな。だけどさ、最後にもうちょっとだけ付き合ってほしい。あいつを驚かせてやりたいからさ』

高速念話で語り掛けると、クロトは即座に同意の意思を示してくれた。これを実戦で使うのは初めての事だ。それでも不思議と、絶対に成功するという予感があった。黒杖にクロトを乗っけて、この行為のみに全神経を集中させる。ああ、やれ。やっちまえ。俺達の方が上だと、あの愛すべき馬鹿に示してやれ。

「超魔縮光束(モータリティビーム)・Ⅵ(ヘキサ)ぁ――――！」

その瞬間、クロメルの神域が光で満たされた。

◇　◇　◇

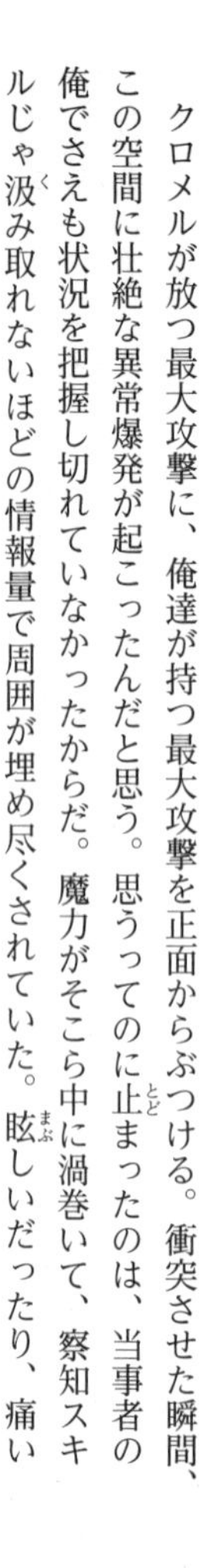

クロメルが放つ最大攻撃に、俺達が持つ最大攻撃を正面からぶつける。衝突させた瞬間、この空間に壮絶な異常爆発が起こったんだと思う。思うってのに止(とど)まったのは、当事者の俺でさえも状況を把握し切れていなかったからだ。魔力がそこら中に渦巻いて、察知スキルじゃ汲(く)み取れないほどの情報量で周囲が埋め尽くされていた。眩(まぶ)しいだったり、痛い

だったり、熱いだったり、それこそ全ての五感の毛穴が開く感覚だ。まあ、問題ないさ。俺とクロトにできる事は単純明快、この攻撃に全ての力を費やす事、その一点だけ。幸い、まだ俺達が生きている事は分かっている。なら、後は思う存分ぶっ放すだけだろ？

　キィーン――

　目一杯もがいて、体力も魔力も出し尽くした。後に聞こえるは耳鳴りだけで、視界もすっかりかすんでしまっている。俺の手は黒杖を握っているらしいが、あまりに力を入れ過ぎていたようで、上手く指を開く事ができない。触覚も危ういってのは、相当だな。

……どうなった、どっちが競り勝った、まだやれるか、楽しいな、おい。こんな状態になっても、頭の中では戦いの事ばかりを考えてしまう。いや、それで良いんだ。これを止めるのはクロメルを倒した時、勝負は決していない。

「は、ッア……！」

　大きく、そして咽るように息を吐く。数時間振りに呼吸したみたいに、体中の血がゆっくりと巡り出した。

「ふっ、ふふっ……」

　少し遠くで、クロメルの声が聞こえた気がした。おいおい、あれでどっちも生きてるってのか？　お互い、悪運が強いにもほどがある。そう語り掛けたかったけれど、俺の発声器官の回復はもう少し時間が掛かるらしい。無理に声を出そうとすると、やたらと咽る。

「予想、以上……想定、外っ……！　ああ、あなた、様は……いつまでも、あなた様、なのです、ね……！」

　段々と視覚が回復してきた。ぼんやりとだが、眼前の黒女神の姿がハッキリとしていく。同時にローブの下から、ひんやりとした冷たさが伝わってきた。俺を護ってくれていたクロトの薄い膜である。反応は弱いが、クロトは無事だった。但し、保管に溜め込んだ魔力と一緒に力を使い切ったようで、意識は疎らだ。いったんクロトの召喚を解除、魔力体に戻して回復に専念してもらう。

「げほっ、げほっ……あ、ああー、んんっ」

　目は……よし、問題なさそうだ。クロメルが用いていた2本の聖槍が、半壊状態で転がっているのが見える。酷く掠れてしまった声ではあるが、そろそろ言葉を出す事もできるだろう。

「……酷い有様じゃないか、クロメル」

「あなた様だって、似たようなものでしょ？」

　あらゆる感覚能力を低下させ、ボロボロになりながら透明な地面に腰を下ろす俺。そんな俺に対して、クロメルの声は比較的ハッキリとしていた。あれだけの事があった後だ。別に倒れたり座っていたりしていても良いだろうに、クロメルは地面を踏み締め、しっかりと直立していた。

「ああ、やっぱり酷い有様だ」

しかしながら、俺とクロトの渾身の一撃を受けたであろうクロメルの体は、致命傷とも呼ぶべき大怪我を負っていた。幼いその体には絶対的に不釣り合いな、血の花を大きく咲かせているのだ。止血代わりなのか、触手の一部を傷口に巻き付けている。白魔法が使えないのか、それとも魔力が尽きたのか、兎も角応急処置レベルで済ませていた。そんなダメージを食らっておいて、何で立っていられるのか？　そう考えると自分が情けなくなって、でも嬉しくって、ついつい俺も立ち上がってしまう。

「勝負、これで決したんじゃないか？」

「どこが、です？……いえ、そろそろ正直に申しましょうか。ぶっちゃけ、結構ギリギリですよ」

血反吐を吐きながら、そんな素敵な台詞を言ってくれる。要は、まだやれるって事だ。

「私には使命があります。あなた様をこの手で殺し、転生させ、永遠を共にするという使命が」

「俺にだって使命はあるさ。お前の愛を受け止めて、その使命とやらをぶっ壊すってのがな」

「……そうですね、分かります。誰よりもあなた様を理解しているのは、他でもない私ですから。ですが、その使命は叶いません」

ドクンと、急に心臓が高鳴った。暗黒の光と共にクロメルの力が、弱まるどころかドンドン強まっていく。それだけじゃない。幼かったその体が、義体を用いていた頃のメルフィーナの年齢にまで成長しやがった。ご丁寧に破損している鎧まで、それに合わせてサイズを変えている。

「ハハッ、参ったな。第二形態ってやつか？」

「日頃からラスボスは変身すべきだと仰っていたのは、他ならぬあなた様ではありませんか。私はその声に応えたに過ぎません。尤も、これは無理矢理に神としての力を行使する為の姿。私にも途轍もない負荷が掛かりますし、変身前に負ったダメージが癒えるという訳でもありません」

　つまり、むっちゃ無理してると。

「ですが、この姿となった私の力は――」

「――ああ、子供の姿の頃とは比較にならねぇな。何だよそれ、これこそが本物の神の力って事か？」

　致命傷を負っていようとも、クロメルから放たれる力強さは滅茶苦茶なものだった。力の上限が全然分からないし、どうしようと倒せる可能性が見い出せない。神の力を行使する時に使うって事は、これが真の神の実力って事なんだろう。まったく馬鹿げた力だ、俺が練ってきた策と用意した術をなんだと思っているんだ。

「あなた様には感服し続けてきました。ですが、それもここまで。最後の望みであり、相棒でもあったクロトの召喚解除は確認済み。これ以上、何をすると言うのですか？　時間がありませんし、手早く終わりにさせて頂きます」

聖槍を破壊されたクロメルであるが、得物を失おうともその両手は、既にそれ以上の凶器となっている。こんな状態の俺なら、いや、万全な状態の俺だったとしても、屠る事は簡単だろう。

「参ったな、勝てる見込みねぇや……」

「フ、フフフッ。痛みなく逝かせて差し上げますからね」

「ん」

俺の息の根を止めようとするクロメルに目掛け、右腕を掲げる。

「……？　一体何の真似ですか？」

「この方舟に乗り込む前にさ、トリスタンの奴をこの手で殴ってきたんだ。前々から借りがあったし、止めは譲るにしても、それくらいは気持ちを晴らしたくってさ」

「はぁ、それが？　私とあなた様の時間に、道化の話など持ち出さないで頂きたいのですが」

「俺だって無意味にあいつの話なんてしねぇよ。まだ分からないのか？　俺はこの手で、お前の使徒を殴ったんだぞ？」

「だから、それが何だとい、う――っ！」

クロメルが両目を見開く。やっと俺の意図を理解してくれたんだろう。だがな、俺はもう回復薬を瞬間一気飲みする程度には元気になってんだ。メルフィーナ仕込みの早業は神よりも速くに胃を満たし、俺の体に魔力を戻してくれる。

俺の腕に装備されるは悪食の籠手（スキルイーター）、そしてその片腕に刻んだスキルは『亜神操意』。トリスタンをぶん殴った際に、ありがたくコピーさせてもらった固有スキルだ。

「クロメル、お前との戦いはぶっつけ本番ばっかりで、本当に楽しくて楽しくて仕方ないよ。そのお礼にさ、召喚士としての最後の見せ場――特等席で見ていてくれよ？」

『亜神操意』、ＭＰ最大値を消費せずに神の召喚を可能とする、召喚士として破格の固有スキルだ。トリスタンはこの力を使って神柱を大量に抱え込み、自身の配下として自由自在に操っていた。だがこのスキルはどこまでも万能という訳ではなく、適用範囲は下級の神までに定められている。それ以上の存在を召喚するとなると、たとえ何らかの手段を用いて契約したとしても、ＭＰ最大値の消費はしっかりと行われる事となる。

但し俺がこのスキルに期待しているのは、この効果ではない。オマケ程度に記載されている、その後の効果である。メルフィーナが取り纏めてくれた情報には、この能力についてこう記してあった。それ以上に高等な神には適用されないが、仮に契約できたとすれば、多少なりとも魔力消費を抑える程度の効果はある、と。そう、所持する召喚士に魔力消費抑制効果が付与されるのだ。

「あなた様は、メルフィーナを……神の本体を召喚するおつもりですか？　そのような事は――」

「――俺の為に神にまでなってくれたお前が、できないなんて言葉を吐かないでくれよ？　前例がなくても無謀でも、成し遂げられるって事を示してくれたのはクロメル、お前自身なんだぞ」

クロメルが吸収したのはあくまでもメルフィーナの義体、もっと言えば元々はエレアリスの体だったものだ。転生神であるメルフィーナの肉体ではない。メルフィーナが本物の体に戻らず、緊急避難場所として俺の魔力体として留まっているところから考えるに、戻れないよう細工はされているんだろう。なら、話は単純だ。こっちから行けないのなら、あっちから来てもらう。神としてのメルフィーナを召喚する事ができれば、存在が希薄になりつつある魔力体のメルフィーナは正式に肉体を得られるんだ。かなりの暴論だってのは分かってる。だが、やるしかない。

「……」

クロメルは歯を食いしばりながら、そこから動こうとしなかった。召喚の邪魔をする気がないのか、俺がメルフィーナを召喚できるか、その真意を確かめたいのか。どちらにしても、俺がこの召喚を成功させなければ、もう敗北は必至。事前にメルフィーナの召喚なんて試してないし、正真正銘これが初めての試みだ。絶対に召喚させなければならない。

「……んー、違うか。食堂の椅子で出迎えるようなお前だもんな。もっとこう、肩の力を抜くくらいがちょうど良い」

難しく考えるのを取り止め、まっさらな気持ちで召喚を行う。久し振りに恋人に会うようなってうおおおおおお……！　全身から魔力がなくなってうわぁってなるぅぅぅ……！

そんな感じで俺が凄まじく健康を害していると、知らぬ間に辺りが明るくなっていた。宇宙空間さながらなこの領域には似つかわしくない、温かく、それでいて優しい光が降り注いだのだ。ああ、俺はこの温もりを知っている。コレットであれば泣いて喜び鼻水その他諸々を垂れ流し、過呼吸かと思うほどに周囲の空気を吸うであろう、この感じ。目頭が熱い。今この時だけは、あの変態の気持ちも少しは分かるかもしれない。

「最後の敵は私自身、という事ですか。転生神メルフィーナ、こうして直接顔を合わせるのは初めてですね。どうですか、自分の暗黒面と対面したご感想は？」

「……ええ、そうですね。あれだけの事をされたというのに、それ自体には不思議と怒り

が湧いてきません。が、私の最愛の人を傷付けたこの一点だけは、決して許せる事ではありませんよ」

あいつは俺の前に立ち、クロメルと対峙していた。辺りを照らすこの蒼く優しい光は、間違いなくそこから発せられている。その姿はいつもと同じ、俺がよく見慣れたものだ。だというのに、こんなにも神々しく見えるのは、久しぶりにこの目で見た俺の幸福感がそうさせるんだろうか？……まどろっこしい説明は、もういいだろう。メルフィーナが、俺が想い続けた女がそこにいた。

「あなた様、遂にやりましたね。当初からの目標の1つ、私の召喚――ずっと、ずっと耐えて待った甲斐がありました。はなまるをあげちゃいます」

一瞬振り向いて見せたメルの顔は、今まで見た事がないほどに満面の笑みだった。エフィルがどんなご馳走を用意したって、こんなにもメルが笑みをこぼれ落とした事はなかったんだ。やばい、嬉しい。

「転生神メルフィーナ、もう貴女の時代は終わったのです。潔く身を引いて頂きたいものですね」

「クロメル、でしたか？　いいえ、弁えるのは貴女の方ですよ。と言いますか、ここまで来たのですから、もう本心を包み隠すのは止めましょう。貴女が心から本当に思う事を、私にぶつけてください。私もそれに応えますから。それとも、最愛の人に本心を聞かれるのは恥ずかしいですか？」

「……なるほど、覚悟は十分にできているようですね」

「ええ、もちろん。あなた様、ここからは私が引き受けます。かなり危ないと思いますのでお気を付けて」

互いを威嚇するように純白と漆黒の翼をバサバサと広げ、同時に天使の輪をビカビカと光らせながら視線をぶつけ合う2人。たったそれだけの事で、この場が凄まじい重圧に支配される。情けない事に、俺程度では立つ事もままならない。魔力体として待機しているクロトも、酷く怯えている。

「「すぅ――」」

タイミングを合わせたかのように、メルフィーナとクロメルは大きく息を吸い出した。元々は同じ人格であるだけに、その仕草には殆ど差異がない。しかし、何でここで息を……？

「――そこを離れなさい、メルフィーナ！　その場所は私が長年夢見てきた、私が居るべき場所なのですっ！　もうこれ以上、私は我慢をしません！　絶対に譲りませんっ！　神の座に胡坐をかいていただけの貴女は、彼に相応しくないっ！」

「――そう言われて引く女なのですか、貴女は!?　生憎と私個人は執念深い女なのです！　どこまでも諦めが悪い女ですっ！　貴女が世界一想っていたとしても、私は更にその上をいくっ！　相応しくなかろうと、欲深くそこに居続けるのが私でしょうにっ！」

　包み隠す事のない本心と本心の応酬、ぶつけ合い、殴り合い。２人の叫びが発せられると、その声量で大気が歪み、正面を向いていられないくらいの圧が飛んで来た。物理的に凄まじい力が実際に働いていているんだろうが、俺の場合、熱く重い愛をぶつけられて、それ以上に強く感じているんだと思う。今更ながらに、あれ、これって修羅場？　と、並列思考の一部が考えてしまうんだ。

　それにしたって、舌戦の時点でこの威力だ。神同士の本気の戦い、本格的に始まったら一体どうなってしまうんだ？　おかしい、体が震える。戦いに恐怖を感じるのは、ゴルディアーナ一派に迫られて以来の体験だ。

「よろしい、上等ですよ。貴女は私自らの手で消して差し上げます。正妻は、いえ、妻は私だけで十分なのですから……！」

「あら、余裕が見受けられませんね。いくら恋人を増やそうとも、正妻は私であるという自負と自信が足りてないのではありませんか？　ええ、相手をしますとも。私が私であるが為に……！」

　２人が言葉で殴り合いをする度に、その間に俺が挟まれているような錯覚を覚える。不思議だ、全く以って不思議だ……！

　そんな錯覚はさて置き、聖槍が破損してしまった今、２人に得物らしい得物はなく、互いに素手の状態だ。これからどんな戦いが繰り広げられるのか、不謹慎ながらワクワクしてしまっている自分がいる。うん、不謹慎だと自負しているのだから、その辺りは許してほしい。

「「あなた様の隣に立つのは、私っ！」」

こうして始まったのは、神同士による壮大な――素手喧嘩(ステゴロ)だった。

◇　◇　◇

女と女による、取っ組み合いの喧嘩(けんか)。一般的にそれはビンタの応酬であったり、或(ある)いは引っかき合いだったり、または興行としてのキャットファイトを想像するかもしれない。しかしだ、俺の眼前で行われているこれは、明らかにそういった範疇(はんちゅう)を超えていた。

「ハァアッ！」

「ふっ！」

拳と拳、蹴りと蹴り、組み技と組み技が合わさった、明確な殺意を伴う素手喧嘩(ステゴロ)。握り拳を振るえば狙う箇所に遠慮や容赦は一切なく、顔面や腹に思いっ切りヒットする。しかもその一撃一撃は、俺やクロトの最大攻撃を丸っと含んだような必殺の威力ばかりだ。仮に俺があの応酬の1つでも食らったとすれば、それだけで肉片になってしまう自信がある。

こんな自信持ちたくもないが、悔しい事にこれは事実だった。

「があっ……！　ま、だぁ！」

「ぐうっ！」

　そんな恐怖の威力を誇る攻撃を受けても尚、２人の動きは全く鈍らない。それどころか更に加速していき、遂には俺の目でも捉えられない領域へと到達しようとしていた。それだけのエネルギーが衝突し合っているんだ。なけなしの魔力を振り絞って障壁を張る俺の下へも、その衝撃波はお構いなしに届いていた。正直に言おう、これだけで骨が折れそう。とても観戦どころではなく、今の俺は激痛に耐える苦行タイムへ突入していた。

　メルフィーナとクロメルの動きが見えなくとも、立て続けに受けるこの痛みで分かる事もある。幼女状態のクロメルが、如何に力を制限していたのか。そして奇策妙計まで用いて挑戦しようとしていた俺が、あいつらの次元には微塵も届いていなかった事。転生神であるメルフィーナを召喚して、その力を借りる事で戦況をイーブンへと持ち込む事はできた。が、頼りっきりにしているようで、何だか男として情けなくも思う。

『……同時に、嬉しくも思っちゃうんだよなぁ。やっぱりこの持病とは、一生涯付き合う事になるんかね？　なあ、クロト？』

　言葉こそはないが、クロトより「え、今更？」みたいな呆れたような感情を受信。うん、そうだね。黄昏ている場合でもないよね。

真面目な話、この戦いの規模はやばい。俺の気持ち的な意味ではなく、物理的な意味で。具体的にはクロメルが展開しているこの黒の領域が、あちこちで悲鳴を上げ始めているのだ。この領域、コレットが使うような秘術の応用で牛み出したもんだよな？　俺の大風魔神鎌(ボレアスデスサイズ)や刹那(せつな)の斬鉄権ならまだしも、秘術の結界を衝撃の余波のみで崩壊させせつつあるってのは、一体どんな冗談なんだ。

「お、おい、ちょっとお前ら……」

「「あなた様っ！　少し黙っていてくださいっ！」」

「……」

反論の言葉はない。つか出せない。白いメルと黒いメルにそう言われては、これは逆らえないと細胞レベルで理解してしまう。先ほどの感動の再会は何だったのか、すっかり闘争意識を頂点にまで高めてしまった2人の戦いは、翼を使っての空中戦に移行していた。

「って、おい！　それは不味(まず)いって！」

地上での戦いでさえ、この領域に多大な影響を与えていたんだ。それが周囲一帯を縦横無尽に駆け回る空中戦に変わって、同じように滅茶苦茶(めちゃくちゃ)なエネルギーを撒(ま)き散らしたら、本格的にクロメルの領域が粉砕されてしまう。この領域があるからこそ、神同士の戦いによる衝撃が外の世界に漏れずに済んでいる。もしそれがなくなってしまえば――

「「せぇぇ――――いっ！！！」」

――パキリと、世界の一欠けらが破壊されたような、不吉な音が聞こえたような気がした。

――中央海域

白と黒の神達が加減なしの殴り合いをする中、方舟の外では大方の形勢が決まりつつあった。外にいる強敵は全て排除し終わり、残りの方舟より現れ続ける天使は他戦力で対応可能。先行して方舟に向かったケルヴィン達を支援するべく、セラ達は突入の準備を進める。が……

「んー、やっぱ嫌な予感がするわね。それも途轍もないのが！」

目を瞑りながら腕組みをし、空中で神経を尖らせていたセラが、再度そんな事を言い出した。

「またか!?　セラよ、さっきも言っていたが、それは真なのか？　さっきも一度警戒していたが、結局何も起きんかったぞい」

「真も真、本気も本気よ。これがどこから来る予感なのかまでは分からないけれど、明確に感じるのよ。父上はどう？」

「セラがそう言うのならば、そうなのだろう！　パパは全面的に支持しちゃうぞ！」

「うわー……セラは兎も角として、こちらはあまり当てにしたくないのう……まあ、もう少しでシュトラ達もこちらに来る事じゃし、警戒を厳にするのには大いに賛成じゃが——む！」

「「「っ！」」」

タイミングを合わせたかのようにエフィル、ジェラール、セラ、グスタフの４名が、真下にある海面へと同時に視線を向けた。まさか、しかし。そんな感情を瞳に映しながら、即座に臨戦態勢に入る。

それから数秒して、それは海の底より黒い影を形作った。徐々に徐々にと影のサイズが大きく膨張していくのは、何者かが浮上している確固たる証拠。そして４人は、それが何なのかを既に察していた。エフィルが矢をつがえ、ジェラールが魔剣を構えて迎撃に備える。セラとグスタフも同様だ。

「来るぞっ！」

グスタフの叫びから間もなくして、目視する海面より高らかと水しぶきが舞い上がる。その中で４人は確かに認識した。撃墜した筈の機竜、ジルドラ・サンが矢で貫いた頭部を、そして焼き払った肉体を完治させて、再びこの空へと飛翔するその様を。

「空顎！」

「極蒼炎の焦矢（メルトブレイズアロー）！」

　認識するよりも速く、反射的に放たれるジェラールとエフィルの攻撃。されどその双撃の精度は精密で正確であり、上昇する機竜へと確実に当たる軌跡を描いていた。

「――無駄だ。その程度の攻撃では、この装甲は貫けん」

　2人の斬撃爆撃を両腕で弾（はじ）くと共に、機竜内部より響き渡る声。男のものと思われる、聞いた事がない声だった。だが、エフィルとジェラールはその声の主を知っていた。感情の見えぬ口調、人を人と思わぬ冷徹さが垣間（かいま）見えたのだ。

「貴様、ジルドラかっ!?」

「ああ、そうだ。私はジルドラ、究極の生命として誕生した、新たなる神だ。ふむ、なるほどな。幾度となく肉体を変えてきたものだが、やはり私には本物の肉体が最も適しているらしい。素晴らしいほどに馴染（なじ）むぞ、この力……！」

　己の新たなる肉体を誇示するように、ジルドラが機竜の背に光の曼荼羅（まんだら）を展開する。それはかつての光竜王ムルムルと戦った際に見た、光の輪と酷似していた。

「復活して早々に神気取りか？　落ちたものであるな、ジルドラ！」

「神気取りなどではない。現実として、私は神となったのだ。このボディは私が技術の粋を掻（か）き集め、更にはクロメルに願ってまで生み出した究極の肉体。トリスタンの神に反応する固有スキルにも、見事に適応していたよ。彼奴（あやつ）め、自分が死亡した際に私の自我が復活するよう、小癪な細工をしていたな？　どこまでも道化め」

「お言葉ですが、貴方が神かどうかなんて関係ありません。現に、私達は先ほどその竜を倒しています。再生能力があると分かったのならば、今度はそれが不可能になるまで滅するのみです」

「フッ。分かっていないな、我が娘よ。この体を造ったのは私であり、最も使いこなせるのもまた私よ。トリスタン如きの配下であった際の力と、一緒にする馬鹿がどこにいるのだ。まあいい、目覚めの後の準備運動だ。手始めに貴様らを、まとめて実験材料にしてやろう」

　機竜の尾をしならせ、オートモードの時とは全く違う覇気を放出させるジルドラ。ジェラールらと対峙し、この空間に凄まじい殺気が満ち始めていた。

　……が、状況はこの場にいる誰もが予期せぬ方向へと、急激に舵を切る事となる。

『全員、方舟から緊急脱出しろ！　問答無用でだ、急げっ！』

　それは突然の念話。方舟に突入して以降、暫く連絡がなかったケルヴィンの声を聞けた事自体は僥倖、されど念話の内容は、緊急を要するものだった。方舟から緊急脱出しろと

いう事は、共に先行したリオンやアンジェ達に向けた連絡なんだと推測できる。しかし、相手を選ばず念話を全員指定で送っている辺り、ケルヴィンがかなり焦っている事も窺えた。脱出しろとの指示は、酷く具体性に欠ける内容だ。恐らくはこの念話に対して質問を飛ばしたとしても、返答があるとは限らないだろう。むしろ、ケルヴィンの思考を邪魔してしまう可能性もある。

ジルドラと対峙しているセラ達は、この場を不用意に動く事ができない。本心から言えば、皆は今直ぐにでもケルヴィンの救援に向かいたかった。だがジルドラを残したままでは、そのような選択肢はあり得ない。この周囲には味方の飛空艇が数多く飛行し、今も天使達と戦っているのだ。向かうとしても、ジルドラを片付け危険因子をなくしてから。或いは自分達よりもケルヴィンの近くにいるであろう、アンジェ達に期待するかだが――

『――さっさとぶっ倒すわよ！』

『おうさ！』

『承知しました！』

（何かパパの知らないところで、セラ達が意思疎通している気がするっ！）

愛する人、仕える王に危機が迫っていると知って、悠長に待っていられないのがセラ達というものだ。持ち得る全ての手段を行使して、ジルドラを撃滅する。この一瞬でエフィル、セラ、ジェラールの3人はそれを共通認識とし、グスタフはバアル家に伝わる持ち前の勘でそれを察した。しかし、4人が今にも飛び出しそうになっているこの瞬間にも、状況は深刻化していたのだ。

　不意に響き渡るは、空間全域に大きく轟く爆発音だった。それも1つではなく、大規模なものが立て続けに幾つも起こっていた。爆発の発生現場は、どれも戦艦エルピスからだ。流石のエフィル達もこの事態には、そちらを注視しない訳にはいかなかった。味方側は誰だってそうだったし、敵側のジルドラさえもそうしていた。何せ、あの巨大な方舟は彼の手によって生み出され、機竜の肉体と同様に最高傑作と位置づけられた作品だったからだ。

「馬鹿な。我が戦艦エルピスアルブムは、使徒が暴れたとしても問題にならないよう設計しているのだぞ……！　選定者、いや、クロメルの仕業か!?」

　ジルドラの言い分に、恐らく嘘や間違いはないのだろう。現にこの巨大戦艦はそれだけの耐久性を有しているし、たとえS級魔法を幾度となく叩き込んだところで、その機能を消失させて墜落するような代物ではないのだ。

　だがしかし、そのエルピス内部で今現在取っ組み合いをしている者達は、ある種そういった次元をも超越していた。蒼白い光が飛び出したかと思えば、それを追撃するように漆黒の光が現れる。尤も、それら光はあまりにも速過ぎる存在。そういった眩しさが視界一杯に広がった、という認識だけを脳は理解し、それ以外は曖昧に処理されてしまう。大半の者達の認識はそんなものだ。

パッと眩い輝きが広がった刹那の時間、実際には2つの光は何度も衝突を繰り返していた。異色の糸を取り付けた2本の針が繰り返し布を縫うように、エルピスの強固な装甲が次々と食い破られる。更にはそれらの光が通り過ぎてから、忘れていたものを時間を掛けて思い出すが如く、衝突の際に生じたエネルギーが爆発を開始。常識という言葉を一切廃した、神同士の喧嘩。そのフィールドに指定するには、この方舟は些か脆過ぎた。

――ズガァァァ――――ン！

それから巻き起こったのは、本日最大の爆音と爆発だった。エルピスの中枢、ちょうど真ん中の辺りで発生した異常事態は、巨大な方舟を真っ二つにへし折ってしまう。そう、巨大戦艦が冗談みたいに、ポキッと折れてしまったのだ。

「おいおいおいおいおいおい、マジかよ!?」

「退避ぃ！　急いで退避しろぉ！　落ちてくるぞぉ――――！」

上空より迫る落下物に逸早く気付いた者達が、大きな叫びを上げた。それを聞いたトラージの飛空艇、水燕の乗り手らは必死にこの場を切り抜けようと、大急ぎで避難を開始。今となっては統率力皆無な天使よりも、上空より壁となって墜落してくる方舟の方が、危険な存在となっていたのだ。

方舟の先端と末端部分が上空へと舞い上がり、分断された断面が下方へと沈む。このような状態で飛行能力を維持できる筈もなく、エルピスはそのまま断面の端から海面へと着水。その間にもあちらこちらで爆発噴火は発生中だ。元の規模が規模だけに、方舟の撃沈は空から島が丸ごと落下するのとほぼ同意。方舟の極一部のみの落下だけでも、前例のない衝撃が中央海域に走るのであった。

……神の為に用意された方舟が、神達の戦いによって為す術なく崩れ去るとは、何とも形容し難い出来事である。唯一幸いだったのは、クロメルの領域内での戦いを経て、両者とも既に疲弊していた事だろう。これが万全の状態で始まったのなら、周囲一帯の環境は今以上に劣悪なものとなっていた。

「あれは、王なのか……？」

「いいえ、私ですよ。私と私による、本気の喧嘩です」

「「「「――っ!?」」」」

不意の応答に、この場にいた全員が驚愕の意を示す。それはジルドラが操る機竜の肩にいた。声を実際に耳にするまで、移動して来た事実が全く察知されず、目にした途端に黒と赤の色合いが際立った。

黒色の正体は、先ほどまで激闘を繰り広げていたクロメル。余裕のある台詞とは裏腹に呼吸が荒く、生傷を体中に作っている。一見メルフィーナを反転させた姿をしているが、ぼんやりと幼い姿が重なって映っているようにも見えた。神としての力を真に発揮できるのは、極短時間に限られる。その言葉の通り、今のクロメルはもう後がないところにまで、追い込まれていたのだ。

「クロメル、貴様っ……！」

赤色の正体は、夥(おびただ)しく滴る鮮血であった。クロメルのものではない、彼女が片腕にてもぎ取った機竜の頭部、その断面より流れ出(い)でる血だ。いとも簡単に摘み取られてしまった竜首は、ポイッと海へと投げ捨てられてしまう。光竜王の体を持つジルドラならば、この状態からでも復元する事は十分に可能だ。しかし、予想もしていなかったこの展開に、ましてや同胞である筈のクロメルに攻撃された事には、動揺を隠せないでいた。そしてそれは、この状況に対面するセラ達(たち)も同じだ。

「どうしたのですか、ジルドラ？　いつも冷徹な貴方らしくもなく、心が揺れ動いていますね。それでは神と自称するには全てが足りませんよ。あまりに不出来、あまりに不敬です。こんなものでは愛(いと)しいあの人に失望されてしまいます。こんなものでは私を殺せない。ああ、いけません。それは許されない事です。絶対に、絶対に。失望される殺せない私を殺せない私を失望殺せない殺せないあの人を私を失望させ殺せあの人を殺せない――」

呪詛(じゅそ)のように呟(つぶや)かれる言葉と共に、機竜の傷口にクロメルの片腕が容赦なく突っ込まれる。クロメルは大量の返り血を浴びるも、一切気にする素振りを見せず、次なる詠唱を開始した。

「――寂滅が為の寄生(デアゼーレン)」

突き刺したクロメルの片腕から放出されるは、ケルヴィンとの戦いの際にも用いていた無数の触手。それらが機竜の肉体を内から這い回り、突き進み、侵食していく。

「ガ、ァ……！　グガ、ギ、貴サ、マァ……！」

「ご安心を。私は約束を違えません。必ずやこの肉を使って、神に相応しい力を授けて差し上げます。そしてありがたく頂きましょう。ジルドラ、貴方からの献上品を……！」

機竜が黒き触手に覆い尽くされ、ジルドラの苦しみ悶える叫びもまた、彼方へと消えていった。

■ケルヴィン・セルシウス Kelvin Celsius

■23歳／男／魔人／召喚士
■レベル：185
■称号：死神
■ＨＰ：9267/9267（+6178）
■ＭＰ：29415/29415（+19610）
クロト召喚時：-1500
ジェラール召喚時：-1000
セラ召喚時：-1000
メルフィーナ召喚時：-20000
アレックス召喚時：-1000
ダハク召喚時：-1200
ボガ召喚時：-1200
ムドファラク召喚時：-1200
■筋力：1774（+640）
■耐久：1530（+640）
■敏捷：2978（+640）
■魔力：4302（+640）
■幸運：3567（+640）

■装備
黒杖ディザスター（S級）　愚聖剣クライヴ（S級）
黒剣アクラマ（S級）　悪食の籠手（スキルイーター）（S級）
智慧の抱擁（アスタロトブレス）（S級）　ブラッドペンダント（S級）
女神の指輪（S級）　神獣の黒革ブーツ（S級）

■スキル
魔力超過（固有スキル）　並列思考（固有スキル）　剣術（S級）
格闘術（S級）　鎌術（S級）　召喚術（S級）空き：2
緑魔法（S級）　白魔法（S級）　鑑定眼（S級）　飛行（S級）
気配察知（S級）　危険察知（S級）　魔力察知（S級）
心眼（S級）　隠蔽（S級）　偽装（S級）　胆力（S級）　鍛冶（S級）
軍団指揮（S級）　鍛冶（S級）　精力（S級）　剛力（S級）
鉄壁（S級）　鋭敏（S級）　強魔（S級）　豪運（S級）　経験値倍化
成長率倍化　スキルポイント倍化　経験値共有化
■補助効果
転生神の加護　土竜王の加護　光竜王の加護　風竜王の加護
悪食の籠手（スキルイーター）（右手）/大食い（S級）
悪食の籠手（スキルイーター）（左手）/亜神操意（固有スキル）
隠蔽（S級）　偽装（S級）

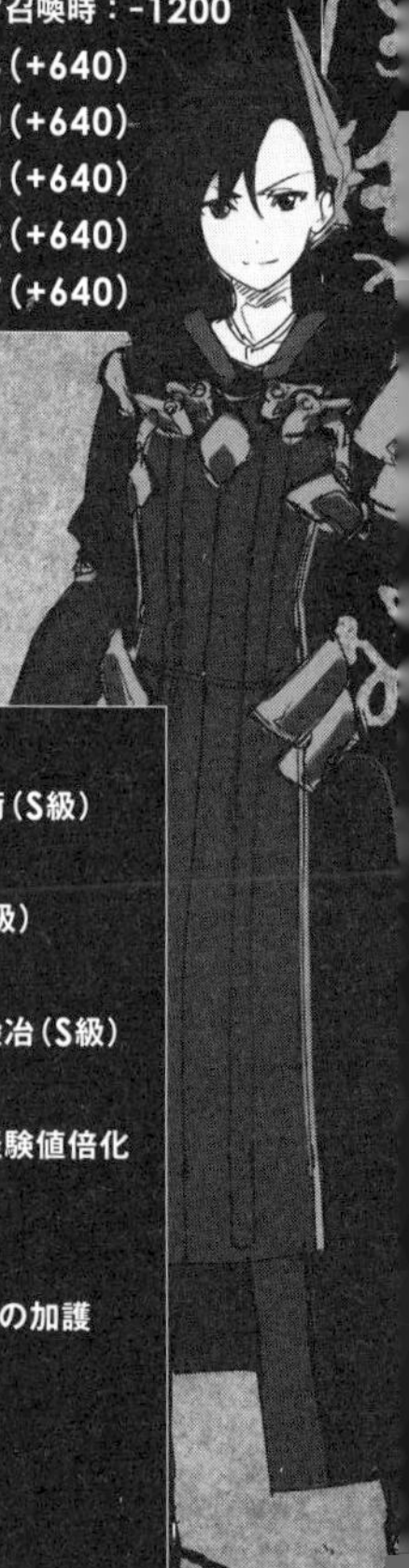

■エレン Eren
■?歳／女／人間／僧侶
■レベル：36
■称号：英雄の母
■ＨＰ：288/288
■ＭＰ：471/471
■筋力：336
■耐久：317
■敏捷：149
■魔力：159
■幸運：177
■装備
修道服（C級）
ベール（C級）
革のブーツ（D級）
■スキル
剣術（A級）
格闘術（A級）
白魔法（B級）
教示（A級）
■補助効果
隠蔽（S級）

■ゴルディアーナ・プリティアーナ Goldiana

■?歳／漢女／超人／拳士
■レベル：220
■称号：桃鬼
■ＨＰ：31098/31098（+20732）
■MP：24/24

■筋力：8718（+640）
■耐久：7717（+640）
■敏捷：4327（+640）
■魔力：18
■幸運：2216

■装備
プリティドレス（S級）
ビューティフルジェーン（S級）
マキシマムハートネックレス（S級）

■スキル
第六感（固有スキル）
格闘術（S級）　気配察知（S級）
危険察知（S級）　心眼（S級）
装甲（S級）　騎乗（S級）
教示（S級）　奉仕術（S級）　舞踏（S級）
演奏（S級）　調理（S級）　目利き（S級）
裁縫（S級）　清掃（S級）　自然治癒（S級）
剛健（S級）　屈強（S級）　剛力（S級）
鉄壁（S級）　鋭敏（S級）
■補助効果
隠蔽（S級）

■トリスタン・ファーゼ Tristan Fase

■28歳／男／魔人／召喚士

■レベル：134

■称号：統率者

■ＨＰ：1050/1050

■ＭＰ：4730/4730

ディマイズギリモット召喚時：-800

起爆大王蟲（きばくだいおうちゅう）召喚時：-700

夢大喰縛（インキュバクオーグ）召喚時：-700

タイラントリグレス召喚時：-1000

神竜ザッハーカ召喚時：-0

神機デウスエクスマキナ召喚時：-0

神蟲レンゲランゲ召喚時：-0

神蛇アンラ召喚時：-0

■筋力：218

■耐久：362

■敏捷：390

■魔力：3699

■幸運：2947

■装備

フィクサーガーフ（S級）

アリストガーファス（B級）

アリストボータス（B級）

■スキル

亜神操意（固有スキル）　召喚術（S級）空き：2

鑑定眼（S級）　気配察知（S級）　危険察知（S級）

隠蔽（S級）　偽装（S級）　謀略（S級）

話術（S級）　軍団指揮（S級）　成長率倍化

スキルポイント倍化　経験値共有化

■補助効果

隠蔽（S級）　偽装（S級）

■リオルド Riord

■56歳／男／超人／剣士
■レベル：178
■称号：解析者
■ＨＰ：4328/4328
■ＭＰ：4469/4469

■筋力：2351
■耐久：1807
■敏捷：2490
■魔力：2184
■幸運：1326

■装備
ネームレスソード（S級）
ギルド上級職員服（B級）
ノーブルモノクル（B級）
オーソリティーケープ（B級）
革のブーツ（D級）

■スキル
神眼（固有スキル）　剣術（S級）
気配察知（S級）　危険察知（S級）
魔力察知（S級）　隠蔽察知（S級）
集中（S級）　教示（S級）　自然治癒（S級）
隠蔽（S級）　偽装（S級）　謀略（S級）
話術（S級）　視覚（S級）　成長率倍化
スキルポイント倍化
■補助効果
隠蔽（S級）　偽装（S級）

■セルジュ・フロア Serge Floor

■?歳／女／聖人／勇者
■レベル：227
■称号：守護者
■ＨＰ：23331/23331（+15554）
■ＭＰ：21894/21894（+14596）

■筋力：4999（+640）
■耐久：4839（+640）
■敏捷：5202（+640）
■魔力：4874（+640）
■幸運：11887（+640）

■装備
聖剣ウィル（S級）
神手イエロ（S級）
天衣ミトス（S級）
永靴（えいか）ザーゲ（S級）

■スキル
絶対福音（固有スキル）
新たなる旅立ち（固有スキル）
集え、英傑（固有スキル）
剣術（S級）　槍術（S級）　斧術（S級）　槌術（S級）
棒術（S級）　弓術（S級）　銃術（S級）
格闘術（S級）　鞭術（S級）　鎌術（S級）
二刀流（S級）　──その他戦闘系スキル満載
■補助効果
隠蔽（S級）　偽装（S級）

■サキエル・オーマ・リゼア Sachiel Ohma Lizea

■?歳／男／聖人／剣聖
■レベル：300
■称号：選定者
■ＨＰ：22857/22857（+21950）
■ MP：22857/22857（+21950）

■筋力：22857（+22557）
■耐久：22857（+22557）
■敏捷：22857（+22557）
■魔力：22857（+22557）
■幸運：22857（+22557）

■装備
聖剣ウィル（S級）
黒帝王の重鎧(ネブラ)（S級）　黒帝王の籠手(サテツレス)（S級）
黒帝王の兜(ソール)（S級）　傷んだ護符（E級）
黒帝王の脚甲(オルビス)（S級）

■スキル
前知天運（固有スキル）
絶対共鳴（固有スキル）
剣術（S級）　格闘術（S級）　二刀流（S級）
赤魔法（S級）　白魔法（S級）　天歩（S級）
鑑定眼（S級）　気配察知（S級）
危険察知（S級）　魔力察知（S級）
隠蔽察知（S級）　集中（S級）　心眼（S級）
胆力（S級）　装甲（S級）　剛健（S級）
■補助効果
隠蔽（S級）　偽装（S級）

■クロメル（第一形態） Kuromel

■1277歳／女／漆黒の堕天使（ルシフェル）／戦乙女

■レベル：300

■称号：半転生神

■ＨＰ：50000/50000

■ＭＰ：50000/50000

■筋力：12000

■耐久：12000

■敏捷：12000

■魔力：12000

■幸運：12000

■装備

邪槍ルミナリィ（Ｓ級）　邪槍イクリプス（Ｓ級）

黒乙女の軽鎧（アルヴィトメイル）（Ｓ級）　黒乙女の兜（アルヴィトヘルム）（Ｓ級）

黒女神の指輪（Ｓ級）　婚約指輪（Ｓ級）

黒乙女の脚甲（アルヴィトグリーブ）（Ｓ級）

■スキル

転生術（固有スキル）

槍術（Ｓ級）　青魔法（Ｓ級）　黒魔法（Ｓ級）

飛行（Ｓ級）　心眼（Ｓ級）　胆力（Ｓ級）

奉仕術（Ｓ級）　魔力温存（Ｓ級）　装飾細工（Ｓ級）

錬金術（Ｓ級）　目利き（Ｓ級）　大食い（Ｓ級）

鉄の胃（Ｓ級）　消化（Ｓ級）　味覚（Ｓ級）

二刀流（Ｓ級）

■補助効果

転生神/全ステータス強化

完全神化抑制

■メルフィーナ Melfina
■1277歳／女／蒼聖の大天使（ガブリエル）／戦乙女
■レベル：385
■称号：転生神
■ＨＰ：70827/70827（+100）
■ＭＰ：74399/74399（+100）
■筋力：16734（+100）
■耐久：17369（+100）
■敏捷：15916（+100）
■魔力：17768（+100）
■幸運：15022（+100）
■装備
残滓の軽鎧（ヘヴルメイル）（S級）
残滓の兜（ヘヴルヘルム）（S級）
残滓のエーテルグリーブ（S級）
■スキル
転生術（固有スキル）　槍術（S級）
青魔法（S級）　白魔法（S級）
飛行（S級）　心眼（S級）　胆力（S級）
奉仕術（S級）　魔力温存（S級）
装飾細工（S級）　錬金術（S級）
目利き（S級）　大食い（S級）
鉄の胃（S級）　消化（S級）
味覚（S級）　嗅覚（S級）
■補助効果
転生神/全ステータス強化
召喚術/魔力供給（S級）

方舟に創り上げた礼拝堂にて、あなた様に捧げる為の曲が鳴り響く。あなた様が来るその時を、私はずっと待ち続けています。私はクロメル、かつてはメルフィーナであった悪しき側面――いえ、愛の為に身を投げ打ち、神の座にまで上り詰めた酔狂な女、といった方が正しいのでしょうか？　まあ、今となっては理由なんてどうでも良いですね。重要なのは現段階において、私の夢が掴み取れる、直ぐそこにまで迫っているという事です。

心に燻る怨嗟を保ちながら、永遠とも思える地獄の時間を過ごして来た日々は、本当に長いものでした。幾重にも策を練り、用意周到に準備を整え、時には賭けに出る事もあった。欺き、狂わせ、乗っ取り、掌握し、この手でできる事は何でもやった、やらなくてはならなかった。そして、私はその全てに勝利し続けて来たのです。

苦しかった？　いいえ、とんでもありません。全ては想い人の為、そう考えれば苦しみは心躍るものに、痛みは快楽へと転換されるものなのです。私は喜んでやりました。私は自ら選びました。私は、私は、私は、そうして神となったのです。ふふ、ふふふっ、アハハハハハッ！

――とまあ、堅苦しい話もそこそこにしておきましょう。そんな愉快で禍々しい過程を経る事で、漸くあなた様は私の下へと来る事になったのですから。私が準備した方舟や使徒は、喜んで頂けるでしょうか？　もちろん、最大のプレゼントはこの私です。これはもう、心を鷲掴みにしたようなものです。ああ、次に会う瞬間が待ち遠しい。早く来てくれないでしょうか？　私にどんな笑顔を見せてくれるのでしょうか？　殺し合いはこの服装で大丈夫でしょうか？

……いけませんね。この後の事を考えると、思考が少々馬鹿になってしまいます。ここは一つ、あなた様を思い浮かべる事で心を落ち着かせましょう。ええ、それが一番効率的で理性的です。

あなた様との再会は、地球と呼ばれる星で成されました。メルフィーナが呑気に怠惰に眠る裏で活動していた私は、その地位と権力を全て費やし、かつ証拠を残さず、あなた様が転生したとされる場所を割り出したのです。

不本意ながら、その際に正体を明かす訳にはいかなかった為、あなた様には不審者としか映らなかったでしょうが、その時の私は心の中でときめきが爆発しそうで、とても辛かったのですよ？　特に辛かったのが、あなた様が戦いとは無縁であろうあの国に、あの時代に転生させられた事でした。一刻も早くに救わねば、存在すべき場所に帰さねばと、ときめきを抑えながら使命感に燃えたものです。ええ、私は表のメルフィーナと違い優秀ですから、ちゃんと一撃で仕留めて差し上げましたとも。痛みを感じさせず一瞬で、私らしく慈悲深く。


『こ、ここは？　確か俺、不審者に斬りつけられて、それから――』

『――人の子よ』

『うおあっ!?　えっ、天使？　いや、女神様!?』


そして舞台は移り変わり、転生の儀へ。本当に本当に不本意でしたが、先ほどと同様に、この場に私が出る訳にはいきませんでした。というよりも、私が表舞台に立つ訳にはいきませんでした。代理として、私が用意した台本だとは全く考えてもない、お馬鹿なメルフィーナに転生神としての職務を全うさせます。


『落ち着きなさい、人の子よ。貴方(あなた)は地球の神の不手際により、運命にない死を迎えてしまったのです。ああ、なんと不幸な事でしょうか』

『……』

『私の名はメルフィーナ、転生神として転生の力を司(つかさど)る神です』

『……』

『……あの、私の話をちゃんと聞いていますか？』
『あ、ああ、悪い、いや、すみません？』
『動揺するお気持ちは十分に理解できるものですが、今は心を強く保ってください。これからお話しする事は、とても大切な事ですので』

　ええ、私は見逃していませんでしたよ。あなた様が私に、言葉を失うほどに見惚（みと）れていた事を。私（クロメル）は鈍感な私（メルフィーナ）とは違いますから、直ぐに分かってしまいましたよ。それにしても、ふふっ。やはりと言いますか、見惚れてしまいましたか。どのような出会い方をしようとも、あなた様と私は繋（つな）がる運命になるのですね。既に夫婦であるとはいえ、少し恥ずかしいです。

　それからメルフィーナは私の台本通りに事を進め、あなた様を私の箱庭予定地へと転生させる節の話を、尤（もっと）もらしく説明しました。転生先の世界でも問題なく生きていけるよう、多少のスキルポイントを与えるなど、不慮の事故における補償も踏まえて。ただ、ここで1つ、私も予想していなかった出来事が起こったのです。

『君に惚（ほ）れた、一緒に来てくれ！』

突然の告白に、メルフィーナの意識裏に潜む私は軽くショートしてしまいました。もう胸がキュンキュン頭がグワングワン、それはそれは酷い状態異常をもたらしました。そんな混乱する私の感情がメルフィーナにまで伝わってしまったのか、彼女も次第に頬を染め始めるなど、心の内に変化が生じる異常事態です。いえ、あなた様の魅力は無限大ですからね。ここでそうならなくとも、きっとどこかのタイミングで、近い将来にメルフィーナも惚れてしまっていたんでしょう。だってこれ、白くても私ですし。

あなた様は小一時間ほど私を口説いた末に、その場で会得した召喚術のスキルでメルフィーナと、つまるところ私と契約を交わしました。スコールの如く降り注ぐ甘い言葉に、私の心はもうメロメロですよ。これは責任を取って頂かなければなりません。だって今の言葉、求愛以外の何ものでもないじゃないですか！　それに、私はあなた様にとっての恋人であり、妻であり、最愛の者なのです。その想いに報いる義務がありますし？　これは運命ですし？　当然の事ですし？

『記憶を無くしても、俺ならまた君に恋をする！』

はぁ――――！　これは堪りません、堪りませんよ！　なんて破壊力の暴力を振るうのですか、あなた様は!?　私の心は既に白旗を挙げているというのに、そこに更なる追い打ちですか!? 今思い出してもみても、この時の台詞(せりふ)は油断と共に気絶してしまっても仕方のない代物! ですが、その通りです。転生し記憶がなくなったとしても、私達(たち)は何度も巡り合い、そして恋をするのですから!

……そう、あなた様が世界に絶望せぬよう、私は何度も仲間となり、時に敵となって立ちはだかる。これはプロポーズであると同時に、私の計画が如何(いか)に正しかったのかを、改めて確認した瞬間でもありました。

『なるほど、実に面白い提案ですね。よろしい、有給休暇を消化する良い機会かもしれません。女神を配下として従わせるほどの器があるのか、この目でしっかりと見定めさせてもらいますよ』

はぁ――――――!? なぁーに気取ってんですか、この白い私は!? 内心胸キュンで満更でもない癖に、この場面で強がっているのですか!? 器、器とか言いました!? 職務の時以外はぐうたらで暴食を撒(ま)き散らしている癖に、一度寝たら滅多な事では起きず、更に寝相が最悪な癖に!?

……コホン。いけませんね、私は単に追憶しているだけ。今にも消えそうになっているメルフィーナ如きに、こんなにも感情的になってしまうのは、流石(さすが)にらしくありません。

これも計画の内、そう、計画の内だったのです。転生神の座さえ摑み取り、世界転生さえ成し遂げてしまえば、最早白い私の力を借りるなんて愚行もせずに済みます。全てはあなた様の為に、私は自ら煮え湯を飲んでいたのです。

例えばアレです、メルフィーナに特別製の義体を用意したのもそうなんです。私に踊らされているとも知らず、お馬鹿さんなメルフィーナは何の疑いもなく、この義体を使ってくれましたからね。

『随分と時間がかかったじゃないか、メルフィーナ』

『……私が来ると、知っていたのですか？』

『何でだろうな。今日戻って来るんじゃないかって予感があったんだ。まさか当たるとは思わなかったけど』

『益々人間離れしていますね』

『うるせいやい』

ただ何と言いますか、その義体を口実にあなた様とメルフィーナがいちゃこらし始めた時は、私のネガティブエモーションが炸裂する寸前のところでした。それ、私が用意したものですよ？　いえ、白の私がここでアタックを仕掛けて来るのは大体予想してはいましたが、実際に行動に移されるとピキピキ来るものがありまして。

『……ご感想は？』

『まずまず、好みではある』

『うふふ、そうですか』

……ふう、危ない危ない。危うく弾いていたオルガンを叩き潰すところでした。そもそもの話、私とあなた様は根っからの相性抜群、このような感想が飛び交い、メルフィーナがドヤ顔をかます事なんて、私は何百年も前から予想していたのです。だから大丈夫、私、全然頭にきてない。当然の帰結なのですウフフフフフフフノフフ。

いえ、むしろ私という絶対的なアドバンテージを持っていながら、エフィルやセラに先を越されてしまう白き私の不甲斐なさには、少々呆れているくらいです。思い出してみてください、白い私が既成事実を結んだのは、一体いつの事でしたか？……そうです、完全に出遅れているのです。白の私、奥手ってレベルじゃないですよ？　ふざけてるんですか？

『――で、今何て言ったんだ？』

『もう、聞こえないふりとはらしくないですね。あなた様、式を挙げましょう』

『何の？』

『結婚の、です』

　強いて褒めるところを挙げるとすれば、仮とはいえ、真っ先に式を挙げた事でしょうか。この一線だけは何としてでも先にやり遂げるという、そんな気概を感じさせてくれました。相手がメルフィーナという点だけは気に食わないものですが、まあ私は私ですし、百歩譲って差し上げようと思います。メルフィーナ、イコール私が式を挙げたようなものですからね。

『言質は取りました！　コレット！』

『はい、メル様！　私もしかとこの耳で聞いております！』

『……は？』

　今代のデラミスの巫女（みこ）、コレット・デラミリウスを立会人として選んでいたのも、まあ一定の評価は致しましょう。この世界において絶対的な地位にあり、発言力の強い彼女が式を保証したのであれば、誰よりも早くにあなた様と結婚したという事実は決定的なものとなります。食べては寝て食べては寝てを繰り返すばかりで、アタックを怠っていたところなど、コレットほどの行動力が少しでも貴女にあればと、減点せざるを得ない点もありますが、まあ及第点を差し上げましょう。……ここまでは。

　問題はここからです。仮の結婚式を挙げた後、メルフィーナ、貴女は何をやらかしたのか、覚えているでしょうか？　このあまりにショッキングな出来事には、黒き女神である私でさえも、思わず目を疑ってしまいましたよ。


『これから私の寝室にて、ケルヴィン様とメル様の初――』

『待てぇい！　それ以上は流石に予行練習じゃ済まない！』

『大丈夫です！　私の部屋の防音性能は完璧です！　何をしても漏れることはありません！』

『その自信はどこからくるんだよ……それにそういう問題じゃない』

『あなた様、私で不足でしたらコレットも付きますから……』

『喜んで！』

『ち・が・う！』


……馬鹿だ馬鹿だとは前々から思っていましたが、まさかここまで愚かだったとは。思わず視界が真っ赤になって、ついでに殺気を放ってしまいましたよ。破壊衝動でエルピスを壊してしまわないかが心配です。ええ、それくらいに今の私は、我を忘れてしまっています。

ですが、それも仕方のない事。式の後にメルフィーナが取った行動とは、自身の狂信者であるコレットを使ったもにょもにょだったのですから。そう、デラミスの巫女と共に、薬を服用して、べ、べべ、ベッドドドドドドド――

――メキメキメキ……！

なぁ――――にやってんですか、あの駄女神は!? 奥手で出遅れながらも真正面からぶつかるならまだしも、自分の信者と共に、それも強力な媚薬を使って事に及ぶとは!? 自分が私の綺麗な部分を映し出した、ピュアメルフィーナだって事を分かっているのですか!? それではまるで、私までおかしな奴だと思われるじゃないですか!? それとも何ですか、黒い私はもっとやべぇとでも言いたいのですか!? ああ、もう！ 思わず殺気でオルガンを破壊してしまうところでしたよ！

……頑丈に作ってくれた創造者に感謝ですね。内面はアレでも、まあ有用な人材でしたし。来世はゴブリンにでも転生させて、真の自由を謳歌させて差し上げましょうか。私ってば本当に慈悲深いですね。

それにしても、ハァ……思い出せば思い出すほどに、胃に負担が掛かっているような気がします。白い私め、まさかこんな手段で精神攻撃を仕掛けて来るとは、なかなかやりますね。流石は私の一側面、とでも言っておきましょうか。

ですが、貴女のターンはここまでです。今後は私が正妻として、最強の敵として夫を支えていくのですからね！　今日だって、早速戦闘(デート)ですし!?　最終的な勝利は私、クロメルのものなのです！　貴女は何もできない夢の中で、最後の光景を精々目に焼き付けておく事ですね！

ふぅ、幾分かはスッキリしました。傍(はた)から見れば自分で自分を貶(おとし)めているようで、何やってんだかという気分にもなりますが、それはさて置く事にしておきましょう。これ以上はコンディションにも関わりますし、思い出に浸るのはここまでです。メルフィーナの記憶を一々辿(たど)っていては、いつ高血圧になってもおかしくないですものね。新たな転生神として、それでは格好がつきません。

それにしても、白き私はなぜにあそこまで堕落してしまっているのでしょうか？　理屈としては、堕天する以前の私と、性質はそう変わらない筈(はず)ですのに。転生神として、あまりに長い時間を過ごしてしまったから？　神が一定期間で入れ替わるのも、時間経過による管理の腐敗を防ぐ為(ため)ですし、まあ可能性がない訳ではありませんね。しかし、高々数百年でそこまで堕落してしまうとは、我ながらだらしのない事です。その期間中、変わらぬ信念の下、ずっと計画を遂行して来た私を見習うべきですね。

第一、白き私は日頃から不摂生なのですよ。先ほども申しましたが、食っては寝ての生活を送り過ぎなんです。それに比べ堕天する以前の私は、あなた様に見合う実に淑女然とした生活を送っていたものでした。

1日の食事はきっちり3食、間食の1度2度3度4度5度を挟む時も、まあアリはしましたが、それでも週5、6で抑えていたものです。ああ、おかわりだってそうですよ？　エフィルが食事の番をしてくれる白き私と違って、私達は自活をしなくてはならない冒険者でしたからね。資金の事を考えて、質より量の食事を心掛けていたのです。誰かさんのように、メニューの端から端まで注文するような、そんな贅沢はしませんでしたとも、えぇ！　やるのであれば、懐に優しい一点突破ですよ！

更に冒険者稼業を営むとなれば、時間管理は必要不可欠となります。もちろん、冒険者として身を置いていた、かつての私は立派にスケジュール管理をしていました。早寝をする点は貴女と同じですが、毎日毎日昼を超えてまで夢の中にいて、午後になってから朝食を食し、その1時間後に昼食を食すような、滅茶苦茶な生活を送っているメルフィーナとは違うのですよ。何を隠そうこのクロメル、毎日午前中が終わる間際には、必ず起床していましたからね！　朝食だって何とか午前のうちに詰め込んでいましたし、昼食はあなた様と仲良く一緒に食べていたのですよ？　フフン！

……ん、んんっ？　お、おかしいですね、第三者視点で冷静に考察を重ねると、昔の私と今の白き私、そんなに生活習慣が変化していないような、そんな見方もできない事もないような……ま、まあ、転生神のお仕事は確かに大変だったかもしれませんし？　クロメルとしての私が活動するエネルギー分も、メルフィーナが食と睡眠で補う必要がありましたから、多少生活が荒れてしまうのも、当然の事だったかもしれませんね。私の慈悲に免じて、特別に認識を改めて差し上げても良いでしょう。涙を流しながら感謝すると良いです。フン！

……ハァー、いけませんね、また心が乱れて来てしまいました。ここは一つ、私を称える賛美歌でも奏でて、気持ちをリセットしておきましょうか。……いえ、私を称えるのではなく、あなた様に捧げる為に弾くと致しましょう。その方が心が落ち着きます、きっと。

――良い感じです。食べる事と錬金する事しか能のないメルフィーナとは違い、私はノースキルでこの調べを奏でられますからね。もちろん、食べる事と錬金する事、その他諸々の能力も備えています。大いなる願いを達成するには、あらゆる手段を増やしておく必要がある。その為に私は分からない事を覚え、できない事には挑戦し続けて来ました。この技術も、あくまでその1つにしか過ぎません。まあ、ええと、料理だけは最後までアレでしたが……その代わりに絶品な茶を調合できますし。そういう意味では、あなた様の胃袋を掴む事も部分的には可能と言えますとも、ええ。

……胃袋を掴む、ですか。私にもメルフィーナのように、あなた様と共に旅をしていた時がありましたね。言うなれば、それが全ての始まりとなった旅でした。神の気まぐれとも取れる出会いを果たし、場の流れで行動を共にするようになり、いつの間にか切っても切れない関係に発展、恋をし、婚姻を結ぶまでに至ったのです。

讃美歌を耳にすると同時に頭の中で思い描かれるは、あなた様と、そして舞桜と共に語り合った、あの夜の光景。私の数少ない得意料理であった茶を、2人は美味しそうに飲んでくれましたっけ。3人で過ごした日々は極短いものでしたが、あの冒険譚は今でも鮮明に記憶しています。

『わ、美味しいですね、これ！』
『うふふ、おかわりもありますよ？』
『メル唯一の得意料理？　だからな。しかし、旅の最中に美味い飯が食えるってのは、メルじゃなくても嬉しい事だ。やっぱ、人間の基本は戦いと食事だわ』
『あなた様、一部変なものが交じってますよ』

今の私にはない、なんと温かな交流でしょうか。懐かしい、本当に懐かしい……ただ、あなた様は既に、あの時から魔王だったのでしょう。あの時の笑顔の奥で、一体何を考えていたのか、私には想像もつきません。ですが、あなた様は最後までその事を悟らせなかった。完全に魔王と化した後も、私と共にいたいと言ってくださった。信頼してくれた。心配してくれた。笑いかけてくれた。愛してくれた。

　――そんなあなた様を、私は殺してしまった。傲慢なシステムによって、この手を穢してしまった。

　……どんなに恨んでも、もうあの頃の関係には、この世界で戻る事はできません。だからこそ、私が創造するのです。私は世界の破壊者として君臨しようとし、舞桜は勇者という地位を捨ててまで、私を支援してくれています。最早、この世界で私を止められる者は、あなた様しか存在しません。

　この賛美歌に乗せて、改めてあなた様に誓いましょう。私は絶対にあなた様を裏切りません。期待に応え続けます。そんな世界を創造し続けます。そして、私が――

「――ほう。神になろうとする貴女が、神を称える曲を弾くのか。これは実に興味深い事だ」

　不意に、後方からそんな声が聞こえて来ました。この声は解析者、リオルドのものです。いけません、つい思い出に夢中になっていたようです。まあもちろん、彼の気配は既に察知してはいましたが。追憶しながらオルガンを弾いていた手を止め、次いで高揚していた心を抑制。心の内は一切合切外に漏らしていませんが、リオルドは少しばかり厄介ですからね。念には念を、です。

　……よし、これで完璧です。私は黒き女神、世界を破壊し、あるべき姿へと戻す者、クロメル。何者にも、あなた様にも隙を見せる訳にはいきません。ママゴト染みた今までの思考は、ありし時の私と、完全に決別する為のもの。私は私(クロメル)であって、私(メルフィーナ)ではないのですから。

「何だ、止(や)めてしまうのか。私としてはもう少しだけ、貴女の演奏を聴いていたかったんだが」

「……解析者。いえ、今や同胞として残っているのは――」

――リオルドとの最後の会話を終えると、方舟が大きく揺らぎ、轟音(ごうおん)がこの礼拝堂にまで聞こえて来ました。いよいよ運命の時、ですね。あなた様、ようこそおいでくださいました。この世界は楽しめましたか？　満足の行く強敵とは出会えましたか？　よろしい、ならばこの私が、その全てを超越した娯楽を、最強を、あなた様に提供致します。

「……やっとお越しになられましたか、あなた様。待ち侘(わ)びましたよ。マオ、リオルド、トリスタン、開戦の狼煙(のろし)は上げられました。丁寧に出迎えてくださいね？」

　さあ、夢の時間を楽しみましょう、あなた様。私にはその用意があり、実力と覚悟も備わっています。全てをあなた様の理想の為に。

あとがき

『黒の召喚士14　転生神の召喚』をご購入くださり、誠にありがとうございます。某ウマゲームばかりやってる迷井豆腐です。ＷＥＢ小説版から引き続き本書を手にとって頂いた読者の皆様は、いつもご購読ありがとうございます。

本作もいよいよクライマックス、最大規模のバトルを突っ走りながら、最終巻（？）に向かっています。１巻が２０１６年スタートですから、もう5年もやっている訳ですか。いやあ、本当にありがたい話です。読み続けてくれる読者がいるというのは、作家としてこれ以上ない喜びですからね。毎巻カバーイラストの期待値を軽々と超えてくださる黒銀様とダイエクスト様といい、コミカライズ版で大活躍されている天羽　銀様といい、豆腐は本当に恵まれております。まあ、あとがきだけは最後の最後まで、マジで血反吐を吐きながら書いている訳なんですけどね。作品書くのと違ってネタが浮かばねぇ、いつまで経っても成長してねぇ、本当に駄目な豆腐だなの三本です。早くページ埋まれ、埋まってくれぇ……。

とまあ冗談はさて置き、ここまで来たからにはシュバっと書き切っていきたい、そんな気持ちなのは本気です。片手に某ウマゲームをインストールしたスマホを持っているように見えますが、本当なんです。信じてくださいよ、嘘なんて言ってないです！　早くメンテ終わらないかなゲフンゴホン！……失礼しました。

最後に、本書『黒の召喚士』を製作するにあたって、ラスボスに相応しいクロメルを描いてくださったイラストレーターの黒銀様とダイエクスト様、そして校正者様、忘れてはならない読者の皆様に感謝の意を申し上げます。それでは、次巻でもお会いできることを祈りつつ、引き続き『黒の召喚士』をよろしくお願い致します。

迷井豆腐

作品のご感想、
ファンレターをお待ちしています

あて先
〒141-0031
東京都品川区西五反田 7-9-5 SGテラス 5階
オーバーラップ文庫編集部
「迷井豆腐」先生係／「ダイエクスト、黒銀（DIGS）」先生係

黒の召喚士 14
転生神の召喚

発　行　2021年3月25日　初版第一刷発行

著　者　迷井豆腐
発行者　永田勝治
発行所　株式会社オーバーラップ
〒141-0031　東京都品川区西五反田 7-9-5
校正・DTP　株式会社鷗来堂
印刷・製本　大日本印刷株式会社

Printed in Japan　ISBN 978-4-86554-868-6 C0193

オーバーラップ文庫
今日から彼女ですけど、なにか？
KYOKARA KANOJO DESUKEDO NANIKA?
第7回
オーバーラップ文庫大賞
銀賞